Contemporánea

Jozef Teodor Conrad Korzeniowski, más conocido como **Joseph Conrad**, nació en Berdichev (en la actual Ucrania) en 1857, en el seno de una familia de la nobleza rural polaca. Pasó su niñez en Siberia y en Ucrania, donde su padre había sido deportado. A los diecisiete años se trasladó a Marsella y, ocho años después, obtuvo la ciudadanía británica, se hizo oficial de la marina mercante y recorrió los mares bajo pabellón británico. Retirado en 1896, se estableció en Inglaterra, se casó y se dedicó por completo a la literatura. En la lengua de su país de adopción, escribió clásicos modernos como *Lord Jim* (1900), *El corazón de las tinieblas* (1902), *Nostromo* (1904), *El agente secreto* (1907) y *Bajo la mirada de Occidente* (1911). Fue también autor de una gran variedad de cuentos y relatos largos, que se reunieron en siete colecciones, y publicó dos libros de memorias, *El espejo del mar* (1906) y *Crónica personal* (1909). Su obra ejerció una influencia capital en el modernismo anglosajón de principios del siglo xx, y desde entonces no ha dejado de inspirar a escritores de las más diversas latitudes, entre los que se cuentan figuras señeras de nuestra lengua como Adolfo Bioy Casares, Javier Marías y Juan Gabriel Vásquez. Murió en 1924.

EL CORAZÓN DE LAS TINIEBLAS

JOSEPH CONRAD

Traducción de
Miguel Temprano García

DEBOLS!LLO

Papel certificado por el Forest Stewardship Council®

Penguin
Random House
Grupo Editorial

Título original: *Heart of Darkness*

Primera edición: marzo de 2024

© 2024, Penguin Random House Grupo Editorial, S.A.U.
Travessera de Gràcia, 47-49. 08021 Barcelona
© 2005, Miguel Temprano García, por la traducción
Diseño de la cubierta: Penguin Random House Grupo Editorial / Marta Pardina
Imagen de la cubierta: © Pepe Medina

Printed in Spain – Impreso en España

ISBN: 978-84-663-7330-2
Depósito legal: B-21.480-2023

Impreso en Liberdúplex
Sant Llorenç d'Hortons (Barcelona)

P 373302

Índice

Nota sobre el texto

Por fortuna, el texto de *El corazón de las tinieblas* no ofrece variaciones demasiado significativas. La obra se publicó por primera vez por entregas en 1899 en la revista *Blackwood's Magazine* (en febrero, marzo y abril) y después, en 1902, apareció en forma de libro junto a otras dos narraciones con el título *Youth: A Narrative and Two Other Stories*. La mayor parte de las ediciones posteriores se basaron en la de 1902. En 1917 volvió a publicarse con una nota del autor y posteriormente, en 1921, Heinemann publicó una edición que fue revisada por el propio Conrad. Aunque las divergencias con respecto a la de 1902 son escasas, todos los críticos coinciden en señalar a esta última como la más fiable de todas. El lector interesado en conocer las discrepancias entre ellas puede recurrir a la imprescindible edición de Robert Kimbrough, donde se recogen cuidadosamente todas las variantes. La presente traducción está basada en la versión de Heinemann, aunque no recoge los cambios que introduce Kimbrough a partir del manuscrito original.

Miguel Temprano García

EL CORAZÓN DE LAS TINIEBLAS

1

El *Nellie*, un yol de crucero, borneó sin un aleteo de las velas y quedó inmóvil. La marea había subido, el viento estaba casi en calma y, puesto que debía dirigirse río abajo, no podía hacer otra cosa que ponerse en facha y esperar el reflujo. La desembocadura del Támesis se extendía ante nosotros como el inicio de un canal interminable. En la distancia, el mar y el cielo se soldaban uno con otro sin dejar ni un resquicio y, en el luminoso espacio, las velas curtidas de las barcazas que flotaban con la marea parecían inmóviles, agrupadas en rojos racimos de lonas puntiagudas, con destellos del barniz de las botavaras. Una neblina descansaba en las orillas bajas que, desvaneciéndose lánguidamente, llevaban hasta el mar. El cielo estaba oscuro sobre Gravesend y, más allá, parecía condensarse en una penumbra aciaga que se cernía, inmóvil, sobre la mayor y más importante ciudad de la tierra.

El director de la compañía era nuestro anfitrión y nuestro capitán. Los cuatro contemplamos su espalda con afecto mientras estaba en la proa mirando hacia el mar. No había nada en todo el río que tuviera un aspecto tan marinero. Parecía un piloto, lo que para un marino viene a ser la fiabilidad personificada. Era difícil hacerse cargo de que su trabajo no estaba allí, en el luminoso estuario, sino detrás, en el seno de la amenazante oscuridad.

Entre nosotros existía, como ya he dicho en alguna parte, el vínculo del mar, lo que, además de mantener nuestros corazones unidos durante largos periodos de separación, tenía la virtud de volvernos tolerantes con los relatos de los demás e incluso con sus convicciones. El abogado —el mejor de los camaradas— disponía, debido a sus muchos años y sus muchas virtudes, del único cojín de a bordo y estaba tumbado sobre la única manta. El contable había sacado ya una caja de dominó, y jugueteaba haciendo construcciones con las fichas. Marlow estaba sentado a popa, con las piernas cruzadas, apoyado en el palo de mesana. Tenía las mejillas hundidas, la tez amarillenta, la espalda recta, el aspecto ascético y, con los brazos caídos y las palmas de las manos vueltas hacia fuera, parecía una especie de ídolo. El director, satisfecho de que el ancla hubiera quedado bien sujeta, se dirigió a popa y se sentó entre nosotros. Intercambiamos perezosamente algunas palabras. Después se hizo el silencio a bordo del yate. Por una u otra razón no empezamos la partida de dominó. Nos sentíamos pensativos y dispuestos tan solo a una plácida actitud contemplativa. El día finalizaba con una serenidad de una tranquila y exquisita brillantez. El agua brillaba pacíficamente; el cielo, sin una nube, era una inmensidad benéfica de luz inmaculada; la misma calina de los marjales de Essex parecía un tejido liviano que colgara de las pendientes boscosas del interior y envolviera la parte baja del río en diáfanos pliegues. Tan solo la penumbra al oeste, cerniéndose sobre las partes altas, se hacía más sombría cada minuto, como irritada por la proximidad del sol.

Y por fin el sol se hundió en su curva e imperceptible caída cambiando de un blanco incandescente a un rojo pálido sin rayos y sin calor, como si fuera a desaparecer de repente, herido de muerte por aquella penumbra que se cernía sobre una muchedumbre de seres humanos. Al mismo tiempo sobrevino un cambio sobre las aguas, y la serenidad se hizo menos brillante pero más profunda. El viejo río descansaba sin una onda en toda su extensión al declinar el día; después de siglos de prestar buenos servicios a la raza que poblaba sus orillas, se extendía con la tranquila dignidad de un curso de agua que lleva a los más remotos confines de la tierra. Observábamos la venerable corriente no con el intenso calor de un corto día que llega y desaparece para siempre, sino bajo la augusta luz de los recuerdos más permanentes. Y desde luego nada es más fácil para un hombre que, como suele decirse, ha «surcado los mares» con afecto y veneración, que evocar en la parte baja del Támesis el gran espíritu del pasado. La marea, en su flujo y reflujo constantes, rinde incesantemente sus servicios poblada por los recuerdos de barcos y hombres a los que ha llevado al descanso del hogar o a las penalidades y batallas del mar. Ha conocido y servido a todos los hombres de los que la nación se siente orgullosa, desde sir Francis Drake hasta sir John Franklin, caballeros todos ellos, con título o sin él, los grandes caballeros errantes del mar. Ha llevado todos los barcos cuyos nombres son como alhajas destellantes en la noche de los tiempos, desde el *Golden Hind*, que regresó con sus curvos flancos llenos de tesoros para ser visitado por su Alteza la Reina y desaparecer así de la colosal aventura, hasta el *Erebus* y el *Terror*, llamados a otras conquistas y que nunca regresaron. Ha conocido a los barcos y a los hombres. Zarpaban de Deptford, de Greenwich, de Erith…, los aventureros y los colonos; los barcos del rey y los navíos de las casas de contratación, los oscuros traficantes del comercio oriental y los «generales», delegados en las flotas de las Indias Orientales. Buscadores de fama o fortuna, todos habían partido de esa corriente con la espada, y a menudo el fuego, en la mano, mensajeros del poder de tierra firme, portadores de una chispa del fuego sagrado. ¡Qué grandeza no habrá flotado en el reflujo del río hacia el misterio de tierras desconocidas! Los sueños de los hombres, las semillas de las colonias, el germen de imperios.

El sol se puso; el crepúsculo cayó sobre la corriente, y empezaron a aparecer luces a lo largo de la orilla; el faro Chapman, un artilugio erigido sobre un trípode en una marisma, brillaba con fuerza. Luces de barcos se movían por el canal, un gran revuelo de luces que iban río arriba y abajo. Más al oeste, en la parte alta, el lugar ocupado por la monstruosa ciudad estaba aún marcado ominosamente en el cielo, convertida, la que había sido una amenazante oscuridad a la luz del sol, en un lívido resplandor bajo las estrellas.

—También este —dijo inesperadamente Marlow— ha sido uno de los lugares tenebrosos de la tierra.

Era el único de entre nosotros que continuaba «surcando los mares». Lo peor que podría decirse de él es que no era un buen representante de su clase. Desde luego era un marino, pero también un vagabundo, mientras que la mayoría de los marinos lleva, se puede decir así, una vida sedentaria. Tienen inclinación a quedarse en sus casas, y su casa, el barco, siempre está con ellos, igual que lo está su patria, el mar. Todos los barcos se parecen, y el mar siempre es el mismo. Ante la inmutabilidad que les rodea, las costas exóticas, los rostros extranjeros, la cambiante inmensidad de la vida, pasan deslizándose, velados, no por un sentimiento de misterio, sino de ignorancia ligeramente desdeñosa, pues nada hay tan misterioso para un marino como el mar, que es el dueño de su existencia y tan insondable como el propio destino. Por lo demás, un paseo sin rumbo después de las horas de trabajo o una corta excursión a la orilla sirven para desvelarle los secretos de todo un continente y, generalmente, no cree que haya valido la pena conocerlos. Los relatos de los marinos poseen una sencillez directa, y todo su sentido cabría en el interior de una cáscara de nuez. Sin embargo, Marlow no era un marino típico (si exceptuamos su afición a contar historias) y, para él, el sentido de un relato no se quedaba en el interior, como una nuez, sino en el exterior, rodeando la narración, y solo se hacía evidente como una neblina al ser atravesada por un resplandor, semejante a uno de esos halos vaporosos que en ocasiones hace visibles la luz espectral de la luna.

Su observación no nos sorprendió en absoluto.

Era muy propia de Marlow. Fue aceptada en silencio. Nadie se tomó siquiera la molestia de refunfuñar; y, casi en el acto, continuó muy despacio.

—Pensaba en épocas remotas, cuando los romanos llegaron aquí por primera vez, hace mil novecientos años, el otro día… La luz emanó de este río desde ¿los tiempos de la caballería andante dicen ustedes? Sí, como un fuego arrasando una llanura, como un relámpago iluminando el cielo. Vivimos en ese parpadeo, ¡ojalá perdure mientras gire esta vieja tierra! Sin embargo, la oscuridad reinaba aquí ayer mismo. Imaginen las emociones del comandante de una de esas excelentes… ¿cómo se llamaban?… trirremes, en el Mediterráneo, al que se le ordenara de pronto dirigirse hacia el norte; atravesar por tierra las Galias a toda prisa y ponerse al mando de una de esas embarcaciones que, si hay que dar crédito a los libros, los legionarios construían a cientos en un mes o dos (debió de tratarse de hombres extraordinariamente diestros). Imagínenlo aquí, el mismísimo fin del mundo, un océano del color del plomo, un cielo del color del humo, un barco tan rígido como pueda serlo un acordeón, remontando el río con mercancías, pedidos comerciales o lo que prefieran ustedes. Bancos de arena, marismas, bosques, salvajes. Muy pocas cosas que un hombre civilizado pudiera comer, nada salvo el agua del Támesis para beber. Ni vino de Falerno, ni posibilidades de acercarse a la orilla. De vez en cuando, un campamento militar perdido en la espesura como una aguja en un pajar (frío, niebla, tempestades, exilio, muerte), la muerte acechando en el aire, en el agua, en la maleza. Aquí debieron de morir como moscas. Oh sí, lo hizo, y muy bien además, sin pensar demasiado en ello, excepto tal vez más tarde para fanfarronear de lo que en su día había tenido que pasar. Eran lo bastante hombres para enfrentarse a la oscuridad. Y quizá, si tenía buenos amigos en Roma y era capaz de sobrevivir al terrible clima, se animara pensando en la posibilidad de ser trasladado más tarde a la flota de Rávena. O piensen en un joven y honrado ciudadano vestido con una toga (tal vez demasiado aficionado a los dados, ya saben lo que quiero decir), llegado hasta aquí en la comitiva de algún prefecto o recaudador de impuestos o incluso de un comerciante, con la esperanza de rehacer su fortuna. Desembarcar en una zona pantanosa, atravesar bosques y, en algún campamento del interior, sentir cómo la barbarie, la más pura barbarie, se abate sobre él; toda esa vida misteriosa de la selva que se agita en los bosques, en las junglas, en el corazón de los salvajes. No existe la iniciación a esos misterios. Debe vivir en mitad de lo incomprensible, que es a la vez detestable, y tiene además poder de fascinación, una fascinación que empieza a hacer efecto en él. La fascinación de lo abominable. Imagínense los remordimientos crecientes, las ansias de escapar, la impotente repugnancia, la claudicación, el odio.

Hizo una pausa.

—Dense cuenta —volvió a empezar, extendiendo el brazo con la palma de la mano hacia fuera, de modo que, con las piernas cruzadas, adoptaba la pose de un Buda que predicara vestido a la europea y sin flor de loto—. Dense cuenta de que ninguno de nosotros sentiría eso exactamente. A nosotros nos salva la eficiencia, la devoción por la eficiencia. Pero aquellos tipos en realidad tampoco debían de valer mucho. No eran colonizadores; sospecho que su administración no era más que una tenaza. Se trataba de conquistadores, y para eso no hace falta más que fuerza bruta, nada de lo que uno pueda enorgullecerse, pues esa fuerza no es más que un accidente, resultado tan solo de la debilidad de los otros. Cogieron lo que pudieron coger, únicamente por el valor que pudiera tener. Fue solo robo con violencia, asesinatos a gran escala con agravantes. Y unos hombres que se aplicaron a ello ciegamente, un modo muy adecuado para aquellos que deben hacer frente a las tinieblas. La conquista de la tierra, en la práctica, significa arrebatársela a aquellos que tienen otro color de piel o narices un poco más aplastadas que las nuestras, y eso no resulta nada agradable cuando uno se para a pensarlo detenidamente. Tan solo la idea lo redime. Tener detrás una idea, no una pretensión sentimental, sino una idea. Y una creencia desinteresada en la idea, algo a lo que poder adorar, ante lo que inclinarse y a lo que ofrecer sacrificios…

Se detuvo. Por el río se deslizaban luces como pequeñas llamas: verdes, rojas, blancas, persiguiéndose, adelantándose, reuniéndose y cruzándose unas con otras, para separarse a continuación lentamente o con gran rapidez. El tráfico de la gran ciudad continuaba por el ajetreado río mientras caía la noche. Nos quedamos mirando, esperando pacientemente, no teníamos nada que hacer hasta que terminara de subir la marea; solo al cabo de un largo silencio cuando, con algo de vacilación en la voz, dijo: «Supongo, caballeros, que recordarán ustedes que durante un tiempo fui marinero de agua dulce», nos dimos cuenta de que estábamos condenados a escuchar una de las poco convincentes aventuras de Marlow antes de que empezara el reflujo.

—No quiero incomodarlos demasiado con lo que me sucedió personalmente —comenzó, mostrando con su observación la debilidad de muchos aficionados a narrar historias que a menudo parecen ignorar qué es lo que su público preferiría oír—; sin embargo, para que comprendan los efectos que tuvo sobre mí, es necesario que sepan cómo llegué allí, lo que vi, cómo remonté el río hasta el lugar donde vi por primera vez al pobre tipo. Fue el lugar más lejano al que pude llegar navegando y el punto culminante de mi experiencia. En cierto modo arrojó una especie de luz sobre todo lo que me rodeaba y sobre mis ideas. También fue bastante sombrío (y penoso), de ningún modo fuera de lo normal, ni tampoco muy claro. No, nada claro. Y, sin embargo, pareció arrojar una especie de luz.

»Por entonces, como recordarán, yo acababa de regresar a Londres después de una temporada por el océano Índico, el Pacífico y el mar de la China, una buena dosis de Oriente (seis años más o menos); y andaba ganduleando por ahí, estorbándoles a todos ustedes en sus trabajos e invadiendo sus hogares como si tuviera la divina misión de civilizarlos. Durante un tiempo no estuvo mal, pero poco después me harté de descansar. Entonces empecé a buscar un barco, a mi entender una de las tareas más difíciles del mundo. Pero en ningún barco me miraron siquiera, así que me cansé también de ese juego.

»Cuando era un muchacho, me apasionaban los mapas. Podía pasar horas mirando Sudamérica, África o Australia inmerso en los placeres de la exploración. En aquella época quedaban muchos lugares desconocidos en la tierra, y cuando veía en un mapa alguno que pareciera particularmente atractivo (aunque todos lo parecen), ponía el dedo sobre él y decía: "Cuando sea mayor iré allí". Recuerdo que el Polo Norte era uno de aquellos lugares. Bueno, aún no he estado allí y no voy a intentarlo ahora, ha perdido su encanto. Había otros lugares dispersos alrededor del Ecuador y en todas las latitudes de los dos hemisferios. He estado en algunos de ellos y... bueno, mejor no hablamos de eso. Pero quedaba uno todavía, el mayor, el más vacío por decirlo de algún modo, por el que sentía un especial anhelo.

»Es cierto que por entonces ya había dejado de ser un espacio en blanco. Desde mi infancia lo habían llenado ríos, lagos y nombres. Había dejado de ser un misterioso espacio en blanco, un parche blanco sobre el que un niño podía tejer magníficos sueños. Se había convertido en un lugar de tinieblas. Pero había en él un río en particular, un río grande y poderoso, que aparecía en el mapa semejante a una inmensa serpiente desenrollada, con la cabeza en el mar, el cuerpo quieto curvándose sobre un vasto territorio y la cola perdida en las profundidades de la tierra. Y mientras observaba el mapa en un escaparate, me fascinó, como una serpiente fascinaría a un pájaro, a un pequeño e incauto pajarillo. Entonces recordé que existía una gran empresa, una compañía dedicada al comercio en ese río. ¡Caramba!, pensé para mis adentros, no pueden comerciar en todo ese montón de agua dulce sin emplear alguna embarcación... ¡Barcos de vapor! ¿Por qué no intentar obtener el mando de uno de ellos? Seguí andando por Fleet Street, pero no podía quitarme la idea de la cabeza, la serpiente me había fascinado.

»Ya comprenderán que esa sociedad comercial era una empresa del otro lado del canal, pero tengo muchos parientes que viven en el continente porque, según dicen, es barato y no tan desagradable como parece.

»Lamento tener que admitir que tuve que importunarlos. Eso suponía ya toda una novedad para mí. No estaba acostumbrado a lograr las cosas de ese modo. Siempre había utilizado mis propios medios para conseguir lo que deseaba. No lo habría creído de mí mismo, pero, ya saben, sentía que tenía que ir allí de un modo u otro, así que tuve que hacerlo. Los hombres dijeron: "Querido amigo...", y no movieron un dedo. Así que, ¿lo creerán ustedes?, probé fortuna con las señoras. Yo, Charlie Marlow, puse a las mujeres a conspirar para conseguirme un empleo. ¡Cielos! Bueno, el instinto me guió. Tenía una tía, un alma verdaderamente entusiasta, que me escribió: "Será un placer, estoy dispuesta a hacer cualquier cosa por ti. Es una idea magnífica. Conozco a la mujer de un alto personaje de la Administración, y a un hombre que tiene gran influencia en..., etcétera, etcétera". Estaba dispuesta a hacer todo tipo de gestiones hasta conseguirme un nombramiento de patrón de un vapor si ese era mi capricho.

»Conseguí el nombramiento, por supuesto, y muy pronto. Al parecer, se habían recibido noticias en la compañía de que uno de los capitanes había sido asesinado durante una refriega con los nativos. Era mi oportunidad, y con ella aumentó mi impaciencia. Solo muchos meses después, cuando intenté recuperar los restos del cadáver, me enteré de que el origen de la disputa había sido una desavenencia acerca de unas gallinas. Sí, dos gallinas negras. Fresleven (así se llamaba el tipo, un danés) se sintió estafado en el negocio, así que desembarcó y empezó a golpear al jefe del poblado con un palo. Oh, no me sorprendió en lo más mínimo escuchar esto y que al mismo tiempo me contaran que Fresleven era la persona más tranquila y amable que jamás existió sobre la tierra. Seguro que lo era, pero había pasado ya un par de años allí comprometido con la noble causa y probablemente sintió por fin la necesidad de imponer su dignidad de algún modo. Así que, sin la menor compasión, le dio una paliza al viejo negro mientras su gente los miraba atónita, hasta que un hombre (el hijo del jefe, según me dijeron), desesperado de oír gritar al pobre viejo, probó a arrojarle al hombre blanco una lanza, que, por supuesto, lo atravesó limpiamente entre los omoplatos. A continuación el pueblo entero huyó a la selva temiendo todo tipo de calamidades, mientras que, por otro lado, el vapor que capitaneaba Fresleven huía a la carrera mandado, según creo, por el maquinista. Después, nadie pareció preocuparse mucho por los restos de Fresleven, hasta que llegué yo y ocupé su puesto. No podía olvidar el asunto sin más, pero cuando por fin tuve la oportunidad de encontrarme con mi predecesor, la hierba que crecía entre sus costillas era lo suficientemente alta como para ocultar sus huesos. Todos estaban allí, el ser sobrenatural no había sido tocado desde su caída. El poblado estaba abandonado, las cabañas hundidas, pudriéndose, inclinadas en el interior de la empalizada desmoronada. Desde luego una calamidad se había abatido sobre él. La gente había desaparecido. Un terror enloquecido los había dispersado en la espesura, hombres, mujeres, niños, y ya nunca habían regresado. Tampoco sé qué fue de las gallinas. Se me ocurre que la causa del progreso se hizo con ellas de algún modo. En cualquier caso, gracias a este glorioso suceso conseguí mi nombramiento casi antes de que hubiera empezado a desearlo.

»Me apresuré como loco a hacer los preparativos y, antes de cuarenta y ocho horas, estaba cruzando el canal para presentarme ante mis patronos y firmar el contrato. En muy pocas horas llegué a una ciudad que siempre me ha recordado a un sepulcro blanqueado. Prejuicios míos, no cabe duda. No tuve ninguna dificultad para encontrar las oficinas de la compañía. Eran las más grandes de la ciudad y todo el mundo hablaba de ellas; iban a dirigir un imperio en ultramar y sus ingresos comerciales serían inagotables.

»Una calle estrecha y desierta en penumbra, altos edificios, innumerables ventanas con persianas venecianas, un silencio sepulcral, la hierba brotando entre los adoquines, a derecha e izquierda imponentes entradas para carruajes, inmensas puertas de doble hoja pesadamente entornadas. Me deslicé por una de aquellas rendijas, subí por una severa escalinata, inhóspita como un desierto, y abrí la primera puerta que encontré. Dos mujeres, una gruesa y otra delgada, sentadas en sendas sillas con asiento de paja, hacían punto con lana negra. La más delgada se levantó y, siempre tejiendo con ojos alicaídos, se acercó a mí. Justo cuando iba a apartarme de su camino como habría hecho con un sonámbulo, se detuvo y levantó la vista. Llevaba un vestido tan sencillo como la tela de un paraguas; se volvió y me acompañó, sin decir una palabra, a una salita de espera. Le di mi nombre y miré a mi alrededor. Una mesa de conferencias en el centro, sillas austeras junto a las paredes y, en un extremo, un gran mapa resplandeciente, pintado con todos los colores del arco iris.* Había una gran cantidad de rojo, siempre agradable de ver porque le hace sentir a uno que allí se trabaja de verdad, una buena porción de azul, un poco de verde, unas manchitas de naranja y, en la costa oriental, una mancha de color púrpura para señalar dónde beben cerveza los alegres pioneros del progreso. De cualquier modo, yo no iba a ir a ninguno de aquellos sitios. Yo iba al amarillo. Justo en el centro. Y ahí estaba el río fascinante, mortífero como una serpiente. ¡Ah!, se abrió una puerta, apareció la canosa cabeza de un secretario con expresión compasiva y un delgado dedo índice me hizo señas de que entrara en el santuario. La luz era tenue y el centro estaba ocupado por un pesado escritorio. Detrás del mueble percibí una pálida presencia dentro de una levita: el mismísimo gran hombre en persona. Debía de medir cerca de un metro setenta, diría yo, y tenía en sus manos el control de Dios sabe cuántos millones. Supongo que nos dimos la mano, murmuró algo, y quedó satisfecho con mi francés. *Bon voyage*.

»En unos cuarenta y cinco segundos volví a encontrarme en la salita de espera junto al compasivo secretario, quien, desolado y lleno de comprensión, me hizo firmar un documento. Creo que me comprometí a no revelar ningún secreto comercial. Bueno, no pienso hacerlo.

»Empezaba a sentirme algo incómodo. Ustedes ya saben que no estoy acostumbrado a tantas ceremonias; además, algo siniestro se palpaba en el ambiente. Como si acabara de ser

---

* Los mapas coloniales de la época coloreaban en distintos tonos las áreas de influencia de cada país. El rojo era el color de Gran Bretaña, el azul el de Francia, el púrpura el de Alemania y el amarillo el de Bélgica. *(Todas las notas a pie de página son del traductor.)*

admitido entre los conjurados de una conspiración. No sé…, nada bueno. Así que me alegré de marcharme.

»En la habitación de fuera, las dos mujeres continuaban tejiendo lana negra de modo febril. A medida que llegaba gente, la más joven iba y venía presentándolos. La más vieja estaba sentada en su silla y apoyaba en un brasero las zapatillas de tela sin tacón, mientras un gato descansaba en su regazo. Tenía una cofia blanca almidonada en la cabeza y una verruga en una de las mejillas; unas gafas con montura de plata pendían de la punta de su nariz. Me echó una ojeada por encima de las gafas y la suavidad e indiferente placidez de su mirada me desazonaron. Dos jovenzuelos de apariencia estúpida y animada estaban siendo presentados en ese momento y les lanzó la misma mirada rápida de despreocupada sabiduría. Parecía saberlo todo sobre ellos y también sobre mí. Me invadió una sensación de desasosiego. Su aspecto era fatídico y misterioso. Lejos de allí pensé a menudo en ambas, guardando el umbral de las tinieblas. Tejiendo su lana negra como para un pálido paño mortuorio, haciendo una continuamente de guía hacia lo desconocido, escrutando la otra los rostros estúpidos y animados con ojos viejos y despreocupados. *Ave!*, vieja tejedora de lana negra, *morituri te salutant*. Muy pocos de aquellos a los que miró volvieron a verla. Muchos menos de la mitad.

»Quedaba todavía una visita al médico. "Una simple formalidad", me aseguró el secretario con aire de participar inmensamente de mis preocupaciones. Así pues, un tipo joven que llevaba el sombrero ladeado sobre la ceja izquierda, un empleado, supongo (debía de haber empleados en la empresa, aunque el edificio estaba tan silencioso como una cripta en un cementerio), bajó de algún lugar del piso superior y me acompañó. Iba descuidado y pobremente vestido, con manchas de tinta en las mangas de la chaqueta y una corbata grande y arrugada bajo la barbilla, que parecía la puntera de una bota vieja. Era un poco temprano para ir a ver al doctor, así que le propuse tomar un trago, y a partir de ese momento se le despertó la vena jovial. Cuando nos sentamos con nuestros vermuts, empezó a poner por las nubes los negocios de la compañía; más tarde, como por casualidad, manifesté mi sorpresa de que no se hubiera ido él para allá. De repente, se volvió frío y reservado. "No soy tan tonto como parezco, dijo Platón a sus discípulos", señaló sentencioso, vació con gran determinación su copa y nos levantamos.

»El anciano médico me tomó el pulso, evidentemente mientras pensaba en otra cosa, y dijo entre dientes:

»—Bien, esto está bien.

»Acto seguido, me preguntó con impaciencia si le permitiría que me midiera la cabeza. Acepté bastante sorprendido, entonces sacó una especie de calibrador y apuntó todas las medidas por delante y por detrás tomando notas cuidadosamente. Era un hombrecillo sin afeitar y llevaba puestos un abrigo raído parecido a una gabardina y unas pantuflas; lo tomé por un loco inofensivo. Me dijo:

»—Siempre pido permiso para medirles el cráneo a los que van allí, en interés de la ciencia.

»—¿Y al regreso también? —le pregunté.

»—Oh, nunca los vuelvo a ver —comentó—; además, los cambios se producen en el interior, ya sabe. —Sonrió como si se riera de un chiste privado—. De modo que va a ir usted allí. Notable e interesante al mismo tiempo. —Me echó una mirada escrutadora y volvió a tomar notas—. ¿Algún caso de locura en su familia? —me preguntó, adoptando un tono de lo más natural. Me sentí muy ofendido.

»—¿Esa pregunta es también en interés de la ciencia?

»—Debería serlo —contestó sin darse cuenta de mi enfado—, lo interesante para la ciencia sería observar los cambios en la mente de los individuos allí mismo, pero...

»—¿Es usted alienista? —lo interrumpí.

»—Todo médico debería serlo un poco —respondió, imperturbable, el excéntrico personaje—. Tengo una pequeña teoría que ustedes, *messieurs*, los que van allí, deben ayudarme a demostrar. Esa será mi contribución a las ventajas que obtendrá mi país de disponer de una posesión tan magnífica. Dejo para otros las simples riquezas. Perdone mis preguntas pero es usted el primer inglés al que he tenido ocasión de reconocer.

»Me apresuré a asegurarle que no era en absoluto un inglés típico.

»—Si lo fuera —le dije—, no estaría hablando así con usted.

»—Eso que me dice es muy profundo, y erróneo probablemente —dijo con una carcajada—. Evite la excitación nerviosa más que la exposición al sol. *Adieu*. ¿Cómo dicen ustedes los ingleses, eh?, adiós. ¡Ah!, adiós. *Adieu*. En los trópicos uno debe ante todo conservar la calma... —Y levantó el dedo índice advirtiéndome—: *Du calme, du calme. Adieu*.

»Aún me quedaba por hacer una cosa: despedirme de mi inestimable tía. La encontré exultante. Tomé una taza de té (la última taza aceptable durante mucho tiempo) en una salita que, tranquilizadoramente, tenía el aspecto que cabía esperar de la sala de estar de una dama, y mantuvimos una larga y tranquila charla junto a la chimenea. En el curso de esas confidencias se me hizo evidente que había sido recomendado a la mujer de un alto dignatario y Dios sabe a cuánta gente más, como una criatura inteligente y excepcional (un verdadero hallazgo para la compañía), un hombre de los que no se encuentran todos los días. ¡Dios mío! ¡Y yo que iba a ponerme al mando de un vapor de río de poca monta, con silbato incluido! Y además resulta que iba a ser un Obrero, con mayúscula, ya saben. Algo así como un mensajero de la luz, una especie de apóstol de segunda clase. Habían circulado un montón de tonterías sobre eso en la prensa y en la calle, y la pobre mujer, que vivía inmersa en el bullicio de tantos disparates, había dado crédito a toda su palabrería. Me habló de "lograr que aquellos millones de ignorantes abandonaran sus horribles costumbres" hasta que, les doy mi palabra, me hizo sentir bastante incómodo. Me atreví a sugerir que lo que movía a la compañía era conseguir beneficios.

»—Olvidas, querido Charlie, que el obrero tiene derecho a su sustento —contestó con rapidez.

»Es extraño lo lejos que están las mujeres de la realidad. Viven en un mundo propio que jamás ha existido y que nunca podrá existir. Es demasiado hermoso y, si quisieran construirlo, se vendría abajo antes de la primera puesta de sol. Cualquiera de las malditas cosas con las que los hombres llevamos conviviendo sin problemas desde el día de la creación se pondría de por medio y lo desharía en pedazos.

»Después me abrazó, me recomendó que vistiera prendas de franela, que me acordara de escribir a menudo y todo eso, y me marché. En la calle, no sé por qué, me invadió la extraña sensación de ser un impostor: resulta raro que yo, acostumbrado a partir para cualquier lugar del mundo con menos de veinticuatro horas de antelación y sin prestarle a ello más atención que la que dedica la mayoría de los hombres a cruzar una calle, tuviera un momento, no diré de duda, pero sí de sobrecogimiento ante un asunto tan trivial. Lo más que puedo decirles es que, durante un segundo, me sentí como si en lugar de dirigirme al interior de un continente estuviera a punto de ponerme en camino hacia el centro de la tierra.

»Partí en un vapor francés que hizo escala en cada condenado puerto de los que hay allí, sin otro propósito, por lo que pude ver, que desembarcar soldados y empleados de aduanas. Yo observaba la costa. Observar una costa mientras se desliza ante el barco es como pensar en un enigma. Ahí está, delante de uno, sonriente, amenazadora, incitante, imponente, humilde, insípida o salvaje y siempre silenciosa, como si susurrara: "Ven y descúbreme". Esta carecía de rasgos definitorios, como si estuviera a medio hacer, con un aspecto de inexorable monotonía. El borde de una selva descomunal, de un verde tan oscuro que parecía casi negro, orlado de espuma blanca, se extendía en línea recta, como trazado con una regla, a lo lejos, más allá del azul del mar cuyo brillo empañaba la creciente bruma. El sol era intenso, la tierra daba la impresión de gotear y relucir de humedad. Aquí y allá aparecían incrustadas en la espuma pequeñas manchitas blancuzcas o grisáceas, tal vez con alguna bandera ondeando sobre ellas. Poblados con varios siglos de antigüedad y, sin embargo, no más grandes que la cabeza de un alfiler comparados con la enorme extensión virgen que los rodeaba. Navegábamos pesadamente, nos deteníamos, desembarcábamos soldados, seguíamos adelante, desembarcábamos empleados de aduanas para que recaudaran peaje en lo que parecía ser una espesura olvidada de la mano de Dios, con un cobertizo de hojalata y un asta de bandera perdidos en ella; y volvíamos a desembarcar soldados, supongo que para que cuidaran de los aduaneros. Algunos, según oí contar, se ahogaban en las rompientes, pero, fuera cierto o no, a nadie parecía importarle demasiado. Simplemente eran arrojados allí y seguíamos nuestro camino. Todos los días la costa parecía idéntica, como si no nos hubiéramos movido; sin embargo, pasamos por varios sitios, establecimientos dedicados al comercio, cuyos nombres (nombres como Gran' Bassam o Little Popo) parecían sacados de una sórdida farsa que se estuviera representando ante un siniestro telón de fondo. La ociosidad del pasajero, mi aislamiento en medio de aquellos hombres con los que no tenía nada en común, la languidez y la calma del mar, el uniforme pesimismo de la costa, parecían mantenerme apartado de la realidad de las cosas, sumido en los pesares de una desilusión triste y sin sentido. El ruido del oleaje, que se dejaba oír de vez en cuando, constituía un verdadero placer, como la conversación de un hermano. Se trataba de algo natural con una razón de ser y un significado. De cuando en cuando, un bote llegado de la orilla nos proporcionaba un momentáneo contacto con la realidad. Impulsado a los remos por varios negros, podía verse desde lejos el brillo del blanco de sus ojos. Aquellos tipos gritaban, cantaban y sus cuerpos chorreaban de sudor; sus rostros parecían máscaras grotescas; sin embargo, tenían huesos y músculos, una enorme vitalidad, una intensa energía en sus movimientos, que eran tan naturales y verdaderos como el oleaje a lo largo de sus playas. No necesitaban de ninguna excusa para justificar su presencia allí; verlos suponía un gran alivio. Durante un tiempo todavía iba a sentir que pertenecía a un mundo cuyos hechos eran sencillos y claros, pero aquella impresión no duraría mucho, algo la haría desaparecer. En una ocasión, recuerdo que encontramos un buque de guerra fondeado lejos de la costa. No había ni una simple choza y, no obstante, estaban bombardeando la espesura. Por lo visto, los franceses tenían una de sus guerras en marcha por los alrededores. Con su enseña caída lánguidamente como un trapo y la boca de los largos cañones de seis pulgadas asomando por todo el casco del barco, el suave oleaje lo mecía arriba y abajo y hacía cimbrear sus finos mástiles. Ahí estaba, en la vacía inmensidad de agua, cielo y tierra, incomprensible, disparando sobre un continente. ¡Bum!, disparaba uno de los cañones de seis pulgadas, surgía una pequeña llamarada y se desvanecía junto a un poco de humo blanco. Un minúsculo proyectil emitía un débil chirrido y nada ocurría. No podía ocurrir nada. Había algo de locura en aquello, el espectáculo producía una lúgubre sensación de absurdo que no se disipaba a pesar de que alguien a bordo asegurara con la mayor seriedad que había un campamento de nativos (¡enemigos, los llamaba!) oculto por allí.

»Les entregamos el correo (oí decir que la tripulación del barco solitario moría de fiebres a un ritmo de tres hombres al día) y seguimos adelante. Nos detuvimos en otros lugares con nombres de opereta, en los que la alegre danza de la muerte y el comercio prosigue en una atmósfera práctica y tranquila como la de una catacumba caldeada. Todos ellos estaban situados a lo largo de aquella costa informe, bordeada por peligrosas rompientes como si la propia naturaleza hubiera intentado alejar de allí a los intrusos. En los recovecos de los ríos, corrientes de muerte en vida cuyas orillas no eran sino lodo corrompido, cuyas aguas, convertidas en espeso cieno, invadían los manglares retorcidos que parecían debatirse ante nosotros en el límite de una impotente desesperación. En ningún sitio nos detuvimos el tiempo suficiente para sacar una impresión determinada, pero la sensación generalizada de espanto vago y opresivo fue creciendo en mi interior. Era como un fatigoso peregrinar entre indicios de sueños angustiosos.

»Pasaron más de treinta días hasta que vi la desembocadura del gran río. Fondeamos frente a la residencia del gobernador. No obstante, mi trabajo no empezaría hasta unas doscientas millas más adelante. De modo que, en cuanto pude, salí hacia otro lugar situado treinta millas río arriba.

»Obtuve pasaje en un pequeño vapor de altura.

»Su capitán era un sueco que, al enterarse de que yo era marino, me invitó a subir al puente. Era un hombre joven, hosco, enjuto, de pelo rubio y lacio que andaba arrastrando los pies. Mientras abandonábamos el muelle pequeño y deprimente, movió con desdén la cabeza mirando hacia la orilla.

»—¿Ha estado viviendo allí? —me preguntó.

»—Sí —contesté.

»—Una buena pandilla esos tipos del gobierno, ¿no le parece? —continuó hablando en inglés con gran precisión y considerable amargura—, es curioso lo que es capaz de hacer cierta gente con tal de ganar unos pocos francos al mes; me pregunto qué les pasará a ese tipo de personas cuando se adentren en la región.

»Yo le contesté que esperaba saberlo muy pronto.

»—¡Va...ya! —exclamó, y cruzó de un lado al otro arrastrando los pies mientras miraba vigilante hacia delante—. No esté tan seguro —continuó—; el otro día recogí a un hombre que se ahorcó a mitad de camino, también era sueco.

»—¡Se ahorcó! En nombre de Dios, ¿por qué? —le pregunté.

Él siguió mirando con atención hacia delante.

»—¿Quién sabe? Tal vez el sol fue demasiado para él o quizá lo fue el país.

»Finalmente llegamos a una entrada en un recodo del río. Aparecieron a la vista unos riscos, montones de tierra revuelta junto a la orilla, algunas casas en una colina, otras con tejado metálico entre los desechos de las excavaciones o colgadas en la pendiente. El constante estruendo de los rápidos situados más arriba se cernía sobre aquella escena de deshabitada desolación. Un numeroso grupo de gente, la mayor parte negros desnudos, pululaba como hormigas. Un embarcadero se proyectaba hacia el río. La luz cegadora del sol bañaba todo de vez en cuando con una repentina reverberación.

»—Ahí está la sede de su compañía —dijo el sueco, señalando las tres construcciones semejantes a barracones de madera de la colina rocosa—. Haré que le suban sus cosas. ¿Dijo usted cuatro cajas? Bien, hasta la vista.

»Tropecé con una caldera tapada por la hierba. Al poco, encontré un sendero que llevaba colina arriba y se desviaba evitando las rocas, y también una pequeña vagoneta de ferrocarril que estaba boca abajo con las ruedas en el aire. Le faltaba una. Parecía tan muerta como la carroña de algún animal. Encontré otras piezas de maquinaria deteriorada, una pila de raíles oxidados. A la izquierda un grupo de árboles formaban un lugar sombreado en el que oscuras formas parecían agitarse débilmente. Parpadeé, la pendiente era pronunciada. A mi derecha sonó una sirena y vi correr a los negros. Una explosión fuerte y sorda sacudió la tierra, una nube de humo surgió del precipicio, y eso fue todo. Ningún cambio aconteció en la pared de roca. Estaban construyendo un ferrocarril. El precipicio no constituía ningún obstáculo, pero esas voladuras desprovistas de sentido eran la única labor que se realizaba allí.

»Un ligero tintineo detrás de mí me hizo volver la cabeza; seis negros avanzaban en fila subiendo penosamente por el camino. Andaban lentos y erguidos, balanceando unas pequeñas cestas llenas de tierra que portaban en la cabeza, y el tintineo sonaba al mismo tiempo que sus pasos. Llevaban los costados envueltos en negros harapos cuyos cortos extremos se movían por detrás como si fueran colas. Se les veían todas las costillas, y las articulaciones de sus extremidades parecían nudos en una cuerda. Todos llevaban al cuello un collar metálico y estaban unidos unos con otros por una cadena que pendía entre ellos sonando rítmicamente. Un nuevo aviso proveniente del acantilado me recordó súbitamente al navío de guerra al que había visto bombardear un continente. Se trataba del mismo tipo de voz amenazadora y ominosa; pero a aquellos hombres era imposible llamarlos enemigos por más que forzara uno la imaginación. Los llamaban criminales, y la ley ultrajada había caído sobre ellos como las bombas, como un misterio insoluble venido del mar. Sus enflaquecidos pechos jadeaban todos a la vez; les temblaban, violentamente dilatadas, las aletas de la nariz; los ojos, duros como piedras, miraban fijamente hacia la cima de la colina. Pasaron a unos centímetros de mí sin ni siquiera mirarme, con esa absoluta indiferencia, tan semejante a la muerte, de los salvajes cuando se sienten desgraciados. Detrás de aquella materia prima, uno de los asimilados, producto de las nuevas fuerzas en conflicto, caminaba abatido sosteniendo un rifle por la mitad. Vestía una chaqueta de uniforme con un botón descosido y, al ver a un hombre blanco en el camino, se llevó con presteza el arma al hombro. Se trataba de una medida de simple prudencia: de lejos todos los blancos se parecen y se hacía difícil dilucidar quién pudiera ser yo. Se tranquilizó rápidamente, y con una blanca y abierta sonrisa de pícaro, y una mirada a su cargamento, pareció aceptarme con exaltada confianza. Después de todo, también yo era parte de la gran causa que motivaba tan justos y elevados procedimientos.

»En lugar de continuar la ascensión, me volví y descendí hacia la izquierda. Mi intención era dejar que la cuerda de presos se perdiera de vista antes de subir la colina. Ustedes ya saben que no soy lo que se dice un blando; me he visto obligado a golpear y a esquivar muchos golpes, he tenido que aguantar lo mío y que atacar yo mismo de vez en cuando (lo que no es sino otro método de aguantar) sin pararme a calibrar las consecuencias, de acuerdo con el tipo de vida en el que me había metido. He visto al demonio de la violencia, y al de la codicia y al del deseo más ardiente, ¡por todos los santos!, eran demonios de ojos enrojecidos, fuertes y vigorosos, que tentaban y manejaban a los hombres. Pero, mientras estaba en la ladera de la colina, adiviné que bajo el sol cegador de aquella tierra iba a conocer a un demonio de ojos apagados, fofo y taimado, de una locura despiadada y rapaz. Hasta unos meses después, a mil millas de allí, no descubrí lo insidioso que podía llegar a ser. Por un instante, me quedé perplejo, como ante una advertencia. Finalmente descendí en diagonal por la colina hacia los árboles que había visto antes.

»Esquivé un enorme agujero artificial que alguien había excavado en la ladera y cuyo propósito me fue imposible adivinar, aunque desde luego no era para extraer piedra o arena. Era simplemente un agujero. Puede que estuviera relacionado con el filantrópico deseo de darles algo que hacer a los criminales. No lo sé. Poco después, estuve a punto de caer en un barranco muy estrecho, apenas una cicatriz en la colina. Descubrí que un gran número de tuberías importadas para el alcantarillado del establecimiento habían sido arrojadas allí. No había ni una sola que no estuviera rota. Un destrozo sin el menor sentido. Por fin, llegué bajo los árboles. Mi intención era pasear un poco a la sombra, pero nada más meterme allí tuve la impresión de haber entrado en algún lóbrego círculo del Infierno. Los rápidos estaban muy próximos y un estruendo uniforme, ininterrumpido, precipitado y torrencial llenaba la triste quietud del bosquecillo, en el que no corría ni pizca de aire ni se movía una hoja, como si la vertiginosa marcha de la tierra al girar se hubiera vuelto audible de repente.

»Negras siluetas yacían, se acurrucaban, se sentaban entre los árboles apoyándose contra los troncos, pegadas al suelo, medio iluminadas, medio difuminadas por la débil luz, en todas las posturas del dolor, el abandono y la desesperación. Otra mina estalló en el acantilado, seguida de un leve estremecimiento del suelo bajo mis pies. El trabajo seguía adelante. ¡El trabajo! Y este era el lugar donde algunos de los ayudantes se habían retirado a morir.

»Estaban muriéndose lentamente, eso estaba muy claro. Ya no eran enemigos, ya no eran criminales, habían dejado de ser nada de este mundo, excepto oscuras sombras de hambre y enfermedad que yacían confusamente en la verdosa penumbra. Traídos desde los más recónditos rincones de la costa, con toda la legalidad que proporcionaban los contratos temporales, perdidos en un ambiente hostil y alimentados con una comida a la que no estaban habituados, enfermaban, dejaban de ser eficaces y entonces se les permitía alejarse arrastrándose y descansar. Aquellas sombras moribundas eran tan libres como el aire, y casi tan delgadas como él. Comencé a distinguir el brillo de sus ojos bajo los árboles. Entonces, al bajar la mirada, vi un rostro junto a mi mano. Los negros huesos se recostaban en toda su longitud con un hombro apoyado contra el árbol, lentamente los párpados se levantaron y aquellos ojos hundidos me miraron, vacíos y enormes, con una especie de ciego y blanco resplandor en lo más profundo de sus órbitas que se desvaneció lentamente. Parecía un hombre joven, casi un muchacho, aunque ya saben que con esa gente es difícil estar seguro. No se me ocurrió otra cosa que ofrecerle una de las galletas de barco del sueco que tenía en el bolsillo. Los dedos se cerraron sobre ella con lentitud y la sostuvieron, no hubo ningún otro movimiento ni ninguna otra mirada. Llevaba un pequeño trozo de estambre blanco al cuello. ¿Por qué? ¿Dónde lo había conseguido? ¿Era una medalla, un adorno, un amuleto, un acto propiciatorio? ¿Existía en realidad algún motivo? El pedazo de hilo blanco venido del otro lado del mar parecía extraño alrededor de su negro cuello.

»Junto al mismo árbol, otros dos sacos de huesos estaban sentados con las piernas encogidas. Uno de ellos apoyaba la barbilla en las rodillas con la vista perdida de un modo espantoso e insoportable; su fantasmal hermano apoyaba la frente como abatido por un terrible hastío; había otros dispersos por doquier, todos adoptando mil y una posturas de un colapso convulsivo, como en un cuadro que describiera una masacre o una pestilencia. Mientras estaba allí horrorizado, una de aquellas criaturas se incorporó sobre las manos y las rodillas y, a cuatro patas, se dirigió al río para beber, se lamió la mano, se sentó al sol cruzando las piernas y al cabo de un momento dejó caer la rizada cabeza sobre el esternón.

»No quise entretenerme más tiempo en aquella umbría, así que me dirigí apresuradamente hacia la sede de la compañía. Al llegar cerca de los edificios encontré a un hombre blanco con una elegancia tan inesperada en su atuendo que, en un primer momento, lo tomé por una especie de espejismo. Vi un cuello perfectamente almidonado, unos puños blancos, una chaqueta ligera de alpaca, unos pantalones blancos como la nieve, una corbata clara y unas botas embetunadas. El pelo peinado con raya, con brillantina, bien cepillado, bajo una sombrilla de tela verde sostenida por una gran mano blanca. Era todo un prodigio y llevaba un portaplumas detrás de la oreja.

»Le di la mano a aquel milagro, y supe que se trataba del jefe de contabilidad de la compañía y que toda la teneduría de libros se llevaba a cabo allí. Había salido un momento, según me dijo, "a respirar un poco de aire fresco". La expresión me sonó increíblemente extraña, porque parecía sugerir una vida sedentaria detrás de un escritorio. Ni siquiera les hubiera mencionado a este tipo si no fuera porque fue de sus labios de quien oí por vez primera el nombre que está tan indisolublemente unido a mis recuerdos de esa época. Además, yo lo respetaba. Sí, respetaba sus cuellos de camisa, sus anchos puños, su pelo cepillado. Desde luego su aspecto era el de un maniquí de peluquero, pero conservaba su apariencia en medio de la gran desmoralización de aquellas tierras. A eso se le llama tener agallas. Sus cuellos almidonados y sus tiesas pecheras eran logros de carácter. Llevaba allí cerca de tres años, y, más tarde, no pude resistir la tentación de preguntarle cómo se las arreglaba para lucir semejante vestimenta. Se sonrojó ligeramente y dijo con modestia:

»—He estado instruyendo a una de las nativas que trabajan para la compañía. Resultó difícil. Tenía aversión por el trabajo.

»De ese modo el hombre había conseguido en verdad algo y se había entregado a sus libros, que mantenía en perfecto orden.

»Todo lo demás en la sede de la compañía era un completo desastre. Las mentes, las cosas, los edificios. Las caravanas. Las filas de negros polvorientos de pies llagados que llegaban y partían. Un aluvión de mercancías manufacturadas, telas de pésima calidad, abalorios y alambre de latón eran enviados a las profundidades de las tinieblas y a cambio llegaba un precioso goteo de marfil.

»Tuve que esperar allí durante diez días: una eternidad. Vivía en una caseta dentro del cercado, pero para escapar de tanto caos entraba a veces en la oficina del contable. Estaba construida con tablones dispuestos horizontalmente y tan mal colocados que, cuando se inclinaba sobre su elevado escritorio, lo cubría de los pies a la cabeza un enrejado de estrechas franjas de la luz del sol. No era necesario levantar la enorme persiana para mirar. Allí también hacía calor; grandes moscas zumbaban de un modo infernal y más que picar lo apuñalaban a uno. Yo generalmente me sentaba en el suelo, mientras él, sentado en un taburete alto, con una apariencia impecable e incluso ligeramente perfumado, escribía y escribía. En ocasiones se incorporaba para hacer un poco de ejercicio. Cuando le metían allí una cama plegable con un enfermo (algún agente comercial del interior que estuviera indispuesto), se mostraba ligeramente contrariado:

»—Los gemidos de ese enfermo —decía— distraen mi atención y así es muy difícil no cometer errores de copia con este clima.

»Un día comentó, sin levantar la cabeza:

»—En el interior se encontrará usted sin duda con el señor Kurtz.

»A mi pregunta de quién era ese señor Kurtz, contestó diciendo que era un agente de primera clase, y dándose cuenta de mi decepción ante tan escasa información, añadió lentamente, dejando la pluma en la mesa:

»—Es una persona de lo más notable.

»Con nuevas preguntas, conseguí sonsacarle que el señor Kurtz estaba en esos momentos a cargo de un puesto comercial, uno muy importante, en la verdadera región del marfil, en "pleno centro, envía tanto marfil como todos los demás juntos…". Empezó otra vez a escribir. El enfermo estaba demasiado agotado como para gemir. Las moscas zumbaban en medio de una enorme paz.

»De pronto se oyó un creciente murmullo de voces y ruido de pasos. Había llegado una caravana. Un violento barullo de extraños sonidos estalló al otro lado de los tablones. Todos los porteadores hablaban al mismo tiempo, y en medio de tanto alboroto se oyó la voz quejumbrosa del jefe de contabilidad "dándose por vencido" por vigésima vez en el día… Se levantó lentamente.

»—¡Qué discusión tan espantosa! —exclamó, y cruzó despacio la habitación para mirar al enfermo. Al volver, señaló—: No puede oír nada.

»—¡Cómo! ¿Ha muerto? —pregunté sobresaltado.

»—No, aún no —contestó con gran compostura. Después, refiriéndose con una inclinación de cabeza al tumulto del patio, añadió—: Cuando uno está obligado a anotar correctamente los asientos, llega a sentir odio hacia esos salvajes, un odio mortal. —Se quedó pensativo unos instantes—. Cuando vea usted al señor Kurtz —continuó—, dígale de mi parte que aquí todo —echó una mirada al pupitre— marcha de modo satisfactorio. No me gusta escribirle a la estación central, con los mensajeros que tenemos aquí nunca se sabe en manos de quién acabará la carta.

»Me miró fijamente un momento con sus ojos suaves y saltones.

»—Sí, llegará lejos, muy lejos —comenzó de nuevo—, muy pronto será alguien en la Administración, los de arriba…, el consejo, en Europa, ya sabe…, así lo han decidido.

»Volvió a su trabajo. El ruido del exterior había cesado y al salir me detuve junto a la puerta. Bajo el constante zumbido de las moscas, el agente que iba a salir rumbo a casa yacía inconsciente y febril; el otro, inclinado sobre sus libros, anotaba correctamente los asientos de transacciones no menos correctas; y a unos cinco metros de los escalones de la entrada podían verse las tranquilas copas de los árboles del bosquecillo de la muerte.

»Al día siguiente dejé por fin aquel lugar con una caravana de sesenta hombres, para hacer una marcha de trescientos kilómetros.

»No vale la pena que les dé muchos detalles. Caminos, caminos por doquier, una red de caminos que se extendía y parecía impresa sobre la tierra vacía, a través de altos herbazales, de praderas abrasadas, a través de la espesura, bajando y subiendo por fríos barrancos, subiendo y bajando por colinas pedregosas incendiadas de calor; y soledad, soledad. Nadie. Ni una choza. La población se había ido de allí hacía mucho tiempo. Bueno, supongo que si a un grupo de negros misteriosos pertrechados con todo tipo de armas terribles le diera de pronto por recorrer los caminos entre Deal y Gravesend, obligando a los paisanos a transportar para ellos las cargas más pesadas, en muy poco tiempo todas las granjas y las casas de campo de los alrededores estarían vacías. La diferencia es que allí también habían desaparecido las casas. A pesar de todo, atravesé varios pueblos abandonados. Hay algo patético e infantil en las ruinas de los cercados de hierba. Día tras día acampar, cocinar, dormir, levantar el campamento y reanudar la marcha con los pasos y el arrastrar de sesenta pares de pies desnudos tras de mí, cada uno bajo una carga de casi treinta kilos. De cuando en cuando, un porteador muerto en plena tarea, en reposo junto a las altas hierbas del borde del camino, con su largo bastón y una cantimplora vacía tirados a su lado. Un gran silencio alrededor, sobre toda la escena. Tal vez, en una noche tranquila, el estremecimiento de lejanos tambores, hundiéndose, difundiéndose, un temblor vago, difuminado, un sonido extraño, atrayente, sugestivo y salvaje; tal vez con un significado tan profundo como el sonido de las campanas en un país cristiano. En una ocasión nos encontramos con un hombre blanco vestido con un uniforme desabrochado; estaba acampado junto al camino con una escolta armada de esbeltos zanzíbares, muy hospitalario y alegre, por no decir borracho. Según declaró, se ocupaba del mantenimiento de la carretera. No puedo decir que viera ninguna carretera ni ningún mantenimiento, a no ser que el cuerpo de un negro de mediana edad con un agujero de bala en la frente con el que, literalmente, tropecé cinco kilómetros más adelante pudiera considerarse una mejora permanente.

»Además, venía conmigo un acompañante blanco; no era mal tipo, pero estaba demasiado obeso y tenía la irritante costumbre de desfallecer en las tórridas laderas de las colinas a varios kilómetros de la sombra y el pozo más cercano. Ya supondrán que resulta un fastidio sostener la chaqueta de uno a modo de parasol sobre la cabeza de un hombre mientras recupera el conocimiento. No pude evitar preguntarle un día qué era lo que pretendía al dirigirse allí.

»—Ganar dinero, por supuesto, ¿qué se imagina? —dijo con desprecio.

»Tiempo después, contrajo unas fiebres y tuvimos que transportarlo en una hamaca colgada de una pértiga. Dado que pesaba más de cien kilos, tuve que discutir constantemente con los porteadores. Se negaban, se escapaban, se escabullían de noche con las cargas: un caso típico de amotinamiento. Así que, una tarde, les solté un discurso en inglés acompañado de muchos gestos, ni uno solo de los cuales pasó desapercibido a los sesenta pares de ojos que tenía ante mí, y a la mañana siguiente mandé colocar la hamaca al frente de la columna. Una hora más tarde me encontré con todo el tinglado abandonado entre los arbustos: el enfermo, la hamaca, gemidos, mantas, expresiones de horror. La pesada pértiga le había despellejado su pobre nariz. Deseaba ansiosamente que yo matara a alguien, pero no había ni un solo porteador por allí cerca. Recordé al viejo doctor ("Sería interesante para la ciencia observar los cambios en la mente de los individuos allí mismo") y me dio la impresión de que me estaba volviendo interesante para la ciencia. Pero todo esto carece de sentido. La decimoquinta jornada llegué a avistar de nuevo el gran río y llegamos renqueando a la estación central. Estaba situada junto a un remanso del río rodeado por la selva y la maleza, con un bonito margen de lodo maloliente en un lado y cerrada por los otros tres por una destartalada cerca de juncos. Un hueco descuidado era lo más parecido a una entrada, y una sola mirada bastaba para darse cuenta de que era el demonio flácido quien dirigía allí el asunto.

»Algunos hombres blancos que sostenían largos bastones en la mano surgieron lánguidamente entre los edificios, se acercaron tranquilamente a echarme un vistazo y después se retiraron a algún lugar fuera de mi vista. Uno de ellos, un tipo corpulento y nervioso con negros bigotes, me informó, tan pronto le dije quién era yo, con gran locuacidad y muchos circunloquios, de que mi vapor estaba en el fondo del río. Me quedé atónito. ¿Qué? ¿Cómo? ¿Por qué? ¡Oh!, todo estaba "en orden". El "director en persona" estaba allí. Todo de lo más correcto. "¡Todo el mundo se había comportado espléndidamente! ¡Espléndidamente!"

»—Debe usted —dijo agitado— ir a ver al director jefe ahora mismo, ¡lo está esperando!

»No me di cuenta de la trascendencia del naufragio en ese primer momento. Imagino que lo veo ahora, pero no estoy seguro. No lo estoy en absoluto. Desde luego el asunto era demasiado tonto —cuando pienso en ello— como para ser del todo normal. No obstante… Pero en aquel momento me pareció tan solo una maldita complicación. El vapor se había hundido. Dos días antes habían partido río arriba, acometidos por una prisa repentina, con el patrón a bordo y un capitán voluntario a cargo del barco. Antes de que pasaran tres horas le desgarraron el fondo contra unas rocas y se hundió cerca de la orilla sur. Me pregunté a mí mismo qué iba a hacer allí ahora que había perdido mi barco. En realidad tuve mucho que hacer pescando mi cargo del río. Me tuve que poner a ello al día siguiente. Eso, y las reparaciones cuando llevé los pedazos a la estación, llevó varios meses.

»Mi primera entrevista con el director fue muy curiosa. No me ofreció tomar asiento, a pesar de que aquella mañana yo llevaba andados más de treinta kilómetros. Su tez, su aspecto, sus modales y su voz eran vulgares. Era de mediana estatura y complexión corriente; sus ojos, aunque de un azul normal, eran tal vez demasiado fríos y, desde luego sabía cómo hacer que su mirada cayera sobre uno tan pesada y cortante como un hacha. Pero, incluso en esos momentos, el resto de su persona parecía desmentir tales intenciones. Por otro lado, estaba aquella indefinida y débil expresión de sus labios, algo furtivo, una sonrisa; no, no era una sonrisa, lo recuerdo bien, pero no sabría explicarlo. Aquella sonrisa era inconsciente, aunque se intensificaba por un instante, justo después de que dijera algo. Aparecía al final de sus discursos como un sello que imprimiera a las palabras para convertir el sentido de la frase más sencilla en algo completamente indescifrable. No era más que un vulgar comerciante, empleado en la región desde su juventud. Se le obedecía a pesar de que no infundía ni afecto ni temor, ni tan siquiera respeto. Infundía inquietud. ¡Eso es! Inquietud. No una abierta desconfianza. Simplemente inquietud. No tienen ni idea de lo eficaz que una... facultad así puede llegar a ser. No tenía ningún talento para la organización o la iniciativa, ni siquiera para el orden, eso se hacía evidente en cosas como el deplorable estado en que se encontraba la estación. No tenía ni estudios ni inteligencia. Su cargo le había llegado... ¿Por qué? Quizá porque nunca había estado enfermo... Había desempeñado allí tres turnos de tres años... Y es que una salud victoriosa, allí donde sucumben los más fuertes, es por sí misma una especie de fuerza. Cuando se iba a casa de permiso cometía todo tipo de excesos. Marinero en tierra..., aunque él lo fuera solo en apariencia, tal como podía deducirse de lo trivial de su conversación. No era capaz de crear nada, tan solo sabía hacer que la rutina siguiera adelante. Eso era todo. Sin embargo, no dejaba de ser extraordinario. Extraordinario por el simple detalle de que era imposible saber qué podía motivar a un hombre así. Nunca desveló ese secreto. Quizá no hubiera nada dentro de él. Tal sospecha le hacía reflexionar a uno porque allí no había ningún control externo. En una ocasión en que varias enfermedades tropicales dejaron postrados a casi todos los "agentes" de la estación se le oyó decir: "Los que vienen aquí no deberían tener entrañas".

Selló sus palabras con aquella sonrisa suya, como si fuera una puerta que se abriera a una oscuridad de la que era custodio. Podía uno imaginar que había llegado a vislumbrar algo, pero la puerta volvía a estar sellada. Cuando se hartó de las continuas peleas de los blancos por cuestiones de precedencia en las comidas, ordenó fabricar una enorme mesa redonda para la que fue preciso construir una vivienda especial. El comedor de la estación. Allí donde él se sentaba, era el sitio principal, el resto no contaba. Se podía intuir que aquella era su convicción más profunda. No era ni cortés ni descortés. Era flemático. Permitía que su "chico", un joven y sobrealimentado negro de la costa, tratara en su presencia a los blancos con una provocativa insolencia.

»Empezó a hablar en cuanto me vio. Yo llevaba mucho tiempo en camino. No había podido esperar. Había tenido que empezar sin mí. Era necesario relevar a los puestos río arriba. Se habían producido ya tantos retrasos que no sabía quién seguía vivo y quién no, cómo se las arreglaban, etcétera. No prestó la menor atención a mis explicaciones y repitió varias veces que la situación era "muy, muy grave", mientras jugueteaba con una barrita de lacre. Corrían rumores de que un puesto de gran importancia se encontraba en peligro y de que su jefe, el señor Kurtz, estaba enfermo. Ojalá no fuera cierto. El señor Kurtz era… Me sentí cansado y nervioso. ¡Al diablo con Kurtz!, pensé. Le interrumpí diciéndole que había oído hablar del señor Kurtz en la costa.

»—¡Ah, así que se habla de él por allí! —murmuró para sí.

»Después volvió a empezar, asegurándome que el señor Kurtz era el mejor agente que tenía, un hombre excepcional, de la mayor importancia para la compañía; por eso, yo debía comprender los motivos de su nerviosismo. Se encontraba, me dijo, "muy, muy intranquilo". Desde luego se agitaba lo suyo en la silla. Exclamó: "¡Ah, el señor Kurtz!", y rompió la barrita de lacre, quedándose como pasmado por el accidente. A continuación quiso saber "cuánto tiempo llevaría...". Lo interrumpí otra vez. Yo estaba hambriento, pueden imaginárselo, y obligado a seguir de pie, me estaba poniendo furioso.

»—¿Cómo podría decirlo? —le dije—, ni siquiera he visto los daños todavía; unos meses sin duda.

La conversación me parecía de lo más fútil.

»—Unos meses —dijo—. Bien, digamos tres meses antes de que podamos partir; sí, eso debería ser suficiente para solucionar el asunto.

»Salí precipitadamente de su cobertizo (vivía solo en un cobertizo de barro con una especie de terraza), murmurando para mis adentros mi opinión sobre él. Un estúpido charlatán es lo que era ese tipo. Más tarde tuve que retractarme, cuando fui comprendiendo la excepcional precisión con que había calculado el tiempo requerido para el "asunto".

»Empecé a trabajar al día siguiente, dando la espalda, por así decirlo, a la estación; solo así me parecía posible seguir en contacto con las cosas que hacen que la vida continúe valiendo la pena. Sin embargo, a veces uno tiene que mirar a su alrededor; y entonces vi la estación, los hombres paseando sin rumbo por el cercado bajo los rayos del sol. En varias ocasiones me pregunté qué significado podría tener todo. Vagaban de aquí para allá con sus absurdos bastones en la mano, como una multitud de peregrinos descreídos que hubieran sido hechizados en el interior de una decrépita cerca. La palabra "marfil" resonaba en el aire, se murmuraba, se suspiraba. Cualquiera habría pensado que lo invocaban continuamente. Un tufo de estúpida rapacidad flotaba por todas partes, como el hedor que se desprende de un cadáver. ¡Por Dios! Nunca en toda mi vida he visto nada tan irreal. Y fuera, la jungla silenciosa que rodeaba el ínfimo claro en la espesura me impresionaba como algo grandioso e invencible, como el mal o la verdad, que estuviera esperando pacientemente a que pasara la fantástica invasión.

»¡Oh, qué meses aquellos! Bueno, no tiene mayor importancia. Sucedieron varias cosas: una tarde una cabaña de paja llena de calicó, telas de algodón estampado, abalorios y quién sabe qué más, estalló en llamas tan de repente que cualquiera hubiera pensado que la tierra se había abierto para dejar que un fuego purificador consumiera toda aquella basura. Yo estaba fumando mi pipa al lado de mi desmantelado vapor, y los vi haciendo cabriolas en el resplandor con los brazos levantados, cuando el hombre corpulento de los bigotes llegó precipitadamente al río con un cubo de hojalata en la mano y me aseguró que todo el mundo se estaba "comportando espléndidamente, espléndidamente". Sacó más o menos un litro de agua y volvió a salir disparado. Me di cuenta de que había un agujero en el fondo del cubo.

»Me acerqué tranquilamente. No había ninguna prisa. Cualquiera podía darse cuenta de que había ardido como una caja de cerillas. Desde el primer momento, todo esfuerzo había sido inútil. La llamarada se había elevado obligando a todo el mundo a apartarse e iluminándolo todo, y se había consumido. El cobertizo no era ya más que un montón de ascuas que brillaban intensamente. No lejos de allí, le estaban dando una paliza a uno de los negros. Decían que él había provocado de algún modo el incendio; sea como fuere, gritaba de un modo horroroso. Lo vi después durante varios días, sentado a la sombra, con aspecto de estar muy malherido e intentando recuperarse. Algún tiempo después, se levantó y se fue: la espesura lo acogió de nuevo en su seno sin un solo sonido. Al acercarme desde la oscuridad hacia el resplandor, me encontré detrás de dos hombres que estaban hablando. Oí mencionar el nombre de Kurtz y a continuación las palabras "aprovecharse de este desafortunado incidente". Uno de los hombres era el director. Le di las buenas noches. Me dijo: "¿Había visto usted alguna vez algo así?, ¿eh?, es increíble", y se marchó. El otro se quedó allí. Era un agente de primera clase, joven, cortés, algo reservado, con una pequeña barba partida y nariz ganchuda. Se daba muchos aires con los otros agentes, y ellos por su parte aseguraban que era el espía del director. Por lo que a mí se refiere, casi no había hablado con él anteriormente. Comenzamos a charlar y al poco rato nos alejamos del siseo de las ruinas. Algo más tarde me invitó a su alojamiento, que estaba en el edificio principal. Encendió una cerilla y me di cuenta de que el joven aristócrata no solo tenía un tocador montado en plata, sino además una vela entera para él solo. En ese momento se suponía que el único hombre con derecho a tener velas era el director. Las paredes de barro estaban cubiertas con esteras indígenas, toda una colección de lanzas, azagayas, escudos y cuchillos estaban allí colgados a modo de trofeos. La tarea confiada a aquel individuo era la fabricación de ladrillos, eso me habían dicho, pero no había ni un trozo de ladrillo en toda la estación; llevaba más de un año esperando: por lo visto necesitaba algo para fabricarlos, no sé qué, paja tal vez. En cualquier caso, no podía encontrarlo allí y, como no era probable que lo enviaran desde Europa, no me resultaba nada fácil comprender qué es lo que estaba esperando. Algún suceso milagroso, quizá. Al fin y al cabo, todos ellos estaban esperando algo —todos, los dieciséis o veinte peregrinos—, y les doy mi palabra de que, tal y como se lo tomaban, no parecía una ocupación desagradable, a pesar de que, por lo que yo pude ver, lo único que llegaba eran enfermedades. Mataban el rato murmurando e intrigando unos contra otros de un modo estúpido. En la estación reinaba un clima de intriga, aunque sin mayores consecuencias, por supuesto. Algo tan irreal como todo lo demás, como los pretextos filantrópicos de la empresa, como su charla, como su administración y como su despliegue de actividad. El único sentimiento real era el deseo de ser destinado a un puesto comercial donde pudiera conseguirse marfil y ganar así buenos porcentajes. Intrigaban, difamaban y se odiaban unos a otros solo por eso, pero de ahí a mover un solo dedo, ¡oh, no! ¡Cielos! Al fin y al cabo hay algo en este mundo que permite a unos robar un caballo mientras que otros ni siquiera pueden mirar un ronzal. Robar un caballo sin más. Muy bien. Hecho está. Puede que hasta sepa montarlo. Pero hay modos de mirar un ronzal que provocarían la indignación del más caritativo de los santos.

»Yo no tenía la menor idea de por qué quería mostrarse tan sociable, pero a medida que avanzaba la conversación, me dio la sensación de que el tipo estaba tratando de averiguar algo: de hecho, me estaba sonsacando. Constantemente aludía a Europa y a las personas que se suponía que yo debía conocer allí, hacía preguntas encaminadas a descubrir quiénes eran mis amistades en la ciudad sepulcral y cosas por el estilo. Sus ojillos brillaban de curiosidad como dos discos de mica, aunque él intentaba conservar cierto aire de suficiencia. Al principio me sorprendió mucho, pero enseguida me entró una enorme curiosidad por averiguar qué sería lo que conseguiría de mí. No me podía ni imaginar qué podría tener yo que mereciera su atención. Era francamente divertido ver cómo se iba desconcertando, ya que, a decir verdad, de mi cuerpo solo habría podido sacar escalofríos y en mi cabeza únicamente había lugar para el desdichado asunto del vapor. Era evidente que me tomaba por un perfecto corrupto sin el menor escrúpulo. Al final acabó por enfadarse, y para disimular un nervioso movimiento de irritación bostezó. Me incorporé. Entonces descubrí un pequeño boceto pintado al óleo sobre una tabla, que representaba a una mujer con los ojos vendados y envuelta en telas que llevaba en la mano una pequeña antorcha encendida. El fondo era sombrío, casi negro; el movimiento de la mujer, majestuoso; y el efecto de la luz de la antorcha sobre la cara, siniestro.

»El cuadro me llamó la atención, y él siguió de pie educadamente, sosteniendo una botella vacía de media pinta de champán (remedios medicinales) en la que estaba metida la vela. A mi pregunta, contestó que lo había pintado el señor Kurtz en aquella misma estación hacía más de un año, mientras esperaba los medios para ir a su puesto comercial.

»—Por favor, dígame —le pregunté—, ¿quién es ese señor Kurtz?

»—El jefe del puesto interior —contestó con sequedad mirando hacia otro lado.

»—Muy agradecido —le dije riendo—, y usted es el fabricante de ladrillos de la estación central. Eso lo sabe todo el mundo.

»Se quedó un rato en silencio.

»—Es un prodigio —dijo por fin—, el emisario de la piedad, la ciencia, el progreso, y el diablo sabe de cuántas cosas más. Queremos… —empezó a declamar de repente—, una inteligencia superior, considerable benevolencia y unidad de propósito para dirigir la causa que, por decirlo así, nos ha encomendado Europa.

»—¿Quién dice eso? —le pregunté.

»—Mucha gente —respondió—. Hay quien incluso lo escribe, y por eso vino *él* aquí, un ser excepcional, como usted debería saber.

»—¿Por qué debería saberlo? —lo interrumpí, realmente sorprendido. No prestó la menor atención.

»—Sí, hoy es el jefe del mejor puesto, el año que viene será ayudante del director, dos años más y…, pero me atrevería a decir que usted sabe lo que será él dentro de dos años. Usted pertenece al nuevo grupo, el grupo de la virtud. La misma gente que lo envió a él le recomendó a usted expresamente. Oh, no lo niegue. Lo he visto con mis propios ojos.

»Para mí fue como si se hiciera la luz. Las influyentes amistades de mi amada tía estaban produciendo un efecto inesperado en el joven. Casi solté una carcajada.

»—¿Lee usted la correspondencia confidencial de la compañía? —le pregunté. No tenía nada más que decirme. Resultaba muy gracioso—. Cuando el señor Kurtz —continué con severidad— sea el director general de la compañía no tendrá usted ocasión de hacerlo.

»Apagó de pronto la vela y salimos. Había aparecido la luna. Negras siluetas iban y venían lánguidamente vertiendo agua sobre las brasas de las que llegaba un sonido siseante, el humo ascendía a la luz de la luna. El negro al que habían golpeado se quejaba en alguna parte.

»—¡Menudo escándalo arma ese animal! —exclamó el incansable hombre de los bigotes apareciendo cerca de nosotros—. Le vendrá bien. Infracción. ¡Zas! Castigo, sin compasión, sin compasión. Es la única manera. Esto evitará que haya otros incendios en el futuro. Precisamente le decía ahora al director…

»Se dio cuenta de la presencia de mi compañero, y se quedó cabizbajo de repente.

»—¿Todavía no se ha acostado? —dijo con una especie de jovialidad servil—, es natural. ¡Ah! Peligro, agitación…

»Y desapareció. Me dirigí hacia la orilla del río y el otro me siguió. Llegó a mi oído un mordaz susurro: "¡Pandilla de inútiles, anda y que…!". Podía ver a los peregrinos en corrillos gesticulando, discutiendo. Varios tenían todavía sus báculos en la mano. Verdaderamente creo que se los llevaban consigo a la cama. Más allá de la cerca se alzaba espectral en el claro de luna la selva y, a través del confuso revuelo, de los apagados sonidos del lamentable vallado, el silencio de la tierra llegaba hasta lo más profundo del corazón, su misterio, su grandeza, la asombrosa realidad de la vida que escondía. El negro herido gemía débilmente en algún lugar cercano y, en ese momento, dio un profundo suspiro que me impulsó a alejarme de allí. Noté cómo una mano se introducía bajo mi brazo.

»—Querido amigo —dijo el tipo—, no quiero ser malinterpretado, especialmente por usted que va a ver al señor Kurtz mucho antes de que yo pueda tener ese placer. No me gustaría que él se hiciera una idea errónea de mi actitud…

»Dejé que aquel Mefistófeles de cartón piedra siguiera hablando, tenía la impresión de que, de intentarlo, podría atravesarlo con el dedo índice y hurgar en su interior sin encontrar nada, a no ser un poco de suciedad. ¿No se lo imaginan? Había estado conspirando con el director para, con el tiempo, llegar a ser su ayudante; estaba claro que la llegada de Kurtz les había fastidiado a los dos. Hablaba con precipitación y no traté de detenerlo. Yo estaba con los hombros apoyados en los restos de mi vapor, remolcado hasta la pendiente como la carroña de algún gran animal del río. Tenía en mis narices el olor del barro, ¡del barro primigenio, por Dios!, y, ante mis ojos, la enorme quietud del bosque primitivo; había reflejos brillantes en el negro río. La luna había tendido por todas partes una fina capa de plata: sobre la hierba exuberante, sobre el fango, sobre el muro de vegetación enmarañada que se alzaba más alto que el muro de un templo, sobre el gran río, que yo podía ver brillar a través de un hueco oscuro, brillar a medida que fluía en toda su amplitud sin un solo murmullo. Todo era grandioso, expectante, mudo, mientras el otro farfullaba cosas acerca de sí mismo. Yo me preguntaba si la quietud del rostro de la inmensidad que nos observaba a ambos debía ser interpretada como una llamada o como una amenaza. ¿Qué habíamos hecho para acabar extraviándonos allí? ¿Podríamos controlar aquella inmensidad silenciosa o sería ella la que nos dominaría a nosotros? Sentí lo grande, lo endiabladamente grande que era aquella cosa que no podía hablar y que tal vez también era sorda. ¿Qué es lo que ocultaba? Yo había visto salir de ella un poco de marfil y había oído decir que el señor Kurtz estaba allí. Había oído hablar mucho sobre eso. ¡Dios es testigo! Pero no sé por qué, no me sugería imagen alguna, como si me hubieran dicho que allí había un ángel o un demonio. Lo creía del mismo modo que alguno de ustedes podría creer que el planeta Marte está habitado. En una ocasión conocí a un fabricante de velas escocés que estaba seguro, absolutamente seguro, de que vivía gente en Marte. Cuando le pedían algún detalle acerca de su aspecto o del modo en que se comportaban, se quedaba perplejo y decía entre dientes algo acerca de que "andaban a cuatro patas". Si se te ocurría tan solo sonreír, él, a pesar de tener sesenta años, se declaraba dispuesto a pelear contigo. Yo no habría llegado tan lejos como para pelearme por Kurtz, pero por él estuve a punto de mentir. Ustedes saben que odio, detesto y no puedo soportar la mentira, no porque sea más íntegro que el resto de las personas, sino simplemente porque me repugna. Hay un toque de mortalidad, un sabor a muerte en las mentiras (justo lo que más odio y detesto del mundo), lo que intento olvidar. Me hace sentir enfermo y desgraciado, como cuando se le da un bocado a algo podrido. Supongo que es cuestión de temperamento. Pues bien, estuve a punto de mentir porque dejé que aquel joven estúpido creyera lo que quisiera acerca de mis influencias en Europa. En un instante me convertí en un ser tan falso como el resto de los hechizados peregrinos. Y solo porque intuía que, de algún modo, aquello podría serle de ayuda a ese tal Kurtz al que entonces yo ni siquiera conocía…, no sé si me comprenden. Para mí era tan solo una palabra. Era tan incapaz de ver una persona en aquel nombre como puedan serlo ustedes ahora. ¿Lo ven? ¿Ven la historia? ¿Ven ustedes algo? Tengo la sensación de que intento contarles un sueño, de que me empeño en vano, porque ningún relato puede proporcionar la sensación del sueño, esa mezcla de absurdo, sorpresa y aturdimiento con una estremecida rebeldía que lucha por abrirse paso, esa sensación de ser apresado por lo increíble que es la mismísima esencia de los sueños…

Se quedó un rato en silencio.

—No, es imposible; es imposible transmitir las sensaciones vitales de cualquier momento dado de nuestra existencia, las sensaciones que le confieren veracidad y significado, su esencia sutil y penetrante. Es imposible. Vivimos igual que soñamos: solos…

De nuevo se detuvo, como si estuviera reflexionando, y añadió:

—Por supuesto ustedes, amigos míos, ven en todo esto más de lo que yo podía ver entonces, me ven a mí, me conocen…

La noche se había puesto tan negra que los que escuchábamos apenas podíamos vernos unos a otros. Hacía ya un buen rato que él, que estaba sentado aparte, no era para nosotros más que una voz. Nadie dijo una sola palabra. Los demás puede que estuvieran dormidos, pero yo estaba despierto. Escuchaba, escuchaba al acecho de la frase, de la palabra, que me daría la clave del leve desasosiego inspirado por aquella narración, que parecía tomar forma por sí sola, sin la intervención de los labios humanos; en el pesado aire nocturno del río.

—Sí, le dejé que continuara —volvió a empezar Marlow—, y que creyera todo lo que quisiera acerca de las potencias que había detrás de mí. ¡Eso hice! ¡Y detrás de mí no había nada! Nada, salvo el pobre, viejo y destrozado vapor en el que me apoyaba mientras él hablaba sin parar sobre «la necesidad de todo hombre de seguir adelante».

»—Y cuando uno viene hasta aquí, ya puede usted imaginar que no lo hace para contemplar la luna.

»El señor Kurtz era un "genio universal", pero incluso para un genio sería más fácil trabajar con "las herramientas adecuadas: hombres inteligentes". Él no fabricaba ladrillos (¿por qué? Existía una imposibilidad física, como yo bien sabía); y si hacía de secretario para el director era porque ningún hombre en sus cabales renunciaría por capricho a gozar de la confianza de sus superiores. ¿Podía yo entenderlo? Lo comprendía. ¿Quería alguna otra cosa? ¡Cielos, lo que yo necesitaba eran remaches! Remaches. Para seguir con el trabajo y reparar el agujero. ¡Había cientos allá en la costa, pilas de cajones, rotos, reventados! Cada dos pasos que dabas en el patio junto a la colina encontrabas un remache. ¡Hasta el bosquecillo de la muerte habían rodado! Podía uno llenarse los bolsillos de remaches sin otra molestia que la de agacharse a recogerlos. Y allí, donde más falta hacían, era imposible encontrar uno solo. Teníamos planchas que podían servir, pero nada con lo que fijarlas. Y cada semana el mensajero, un negro solitario, con la bolsa del correo al hombro y bastón en mano, salía de nuestra estación en dirección a la costa. Y varias veces por semana llegaba de allí una caravana con mercancías para el comercio: un pésimo calicó satinado que daba escalofríos de solo mirarlo, cuentas de cristal de las de dos peniques el cuarto, condenados pañuelos estampados de algodón y ni un solo remache. Tres porteadores habrían bastado para traer todo lo necesario para volver a poner a flote el vapor.

»Ahora empezaba a adoptar un tono confidencial, pero supongo que lo inexpresivo de mi actitud terminó por exasperarlo por completo, porque pareció juzgar necesario informarme de que él no le temía ni a Dios ni al diablo, ni mucho menos a un simple mortal. Le dije que me daba perfecta cuenta, pero que lo que yo necesitaba era una determinada cantidad de remaches, y que lo que el señor Kurtz quería en realidad, aun sin saberlo, eran remaches. Las cartas salían hacia la costa cada semana…

»—Señor mío —gritó—, yo escribo al dictado.

»Pedí los remaches. Para un hombre inteligente, existía un modo… Su actitud cambió, se volvió muy reservado y de pronto empezó a hablar de un hipopótamo; se preguntaba si no me molestaba mientras dormía a bordo del vapor (yo no me separaba ni de noche ni de día de mi rescatado vapor). Había un viejo hipopótamo que tenía la mala costumbre de salir de noche a la orilla y vagar por los terrenos de la estación. Los peregrinos solían hacer guardia juntos y descargar sobre él todos los rifles a los que podían echar mano. Algunos incluso habían pasado noches en vela por él. No obstante tantas energías habían resultado inútiles.

»—Ese animal tiene siete vidas —dijo—, pero en esta región eso solo puede decirse de los animales. Aquí no hay hombre, ¿entiende lo que quiero decir?, que tenga siete vidas.

»Se quedó allí un momento, a la luz de la luna, con su delicada nariz ganchuda algo torcida y sus ojos de mica brillando sin un parpadeo; entonces, con un seco "Buenas noches", se alejó a grandes zancadas. Yo podía darme cuenta de que se iba alterado y considerablemente confuso, lo cual me hacía sentirme más esperanzado de lo que lo había estado desde hacía muchos días. Fue un gran consuelo quitármelo de encima y volver con mi influyente amigo, el maltrecho, retorcido, ruinoso vapor de hoja de lata. Trepé a bordo. El barco sonaba bajo mis pies como una lata vacía de galletas Huntley & Palmer a la que se hiciera rodar a patadas por un callejón. Su estructura no era ni mucho menos tan sólida y su forma bastante más fea, pero yo había invertido suficiente trabajo duro en él como para haberle tomado aprecio. Ningún amigo influyente me habría sido de más ayuda. Me había procurado la oportunidad de descubrirme, de averiguar qué es lo que era capaz de hacer. No, no me gusta el trabajo. Prefiero holgazanear y pensar en todas las cosas buenas que podrían hacerse. No me gusta el trabajo, a nadie le gusta, pero sí lo que hay en él: la ocasión de encontrarte a ti mismo. Tu propia realidad, para ti, no para los demás, lo que ningún otro hombre podrá saber nunca. Podrán ver la apariencia, pero nunca saber qué es lo que significa realmente.

»No me sorprendí al ver a alguien sentado en popa sobre la cubierta, con las piernas colgando sobre el lodo. Verán, supongo que yo prefería tratarme con los pocos mecánicos que había en la estación y a los que el resto de los peregrinos despreciaban por lo tosco de sus modales. Aquel era el capataz, calderero de profesión, un buen trabajador. Era un hombre esbelto, huesudo, de tez amarillenta, con ojos grandes e intensos. Tenía aspecto preocupado y su cabeza estaba tan calva como la palma de mi mano; sin embargo, el pelo, al caérsele, parecía habérsele pegado en la barbilla y haber prosperado en su nueva localización, puesto que las barbas le llegaban hasta la cintura. Era viudo y tenía seis niños pequeños (los había dejado a cargo de una hermana suya para ir allá); la pasión de su vida eran las palomas mensajeras, era un experto y un entusiasta. Se desvivía por ellas. Después de las horas de trabajo, solía salir de su cabaña de vez en cuando y venirse a charlar un rato sobre sus hijos y sus palomas; cuando durante el trabajo tenía que arrastrarse por el barro bajo el casco del vapor, se envolvía la barba en una especie de toalla blanca con unos lazos para pasarlos por las orejas que llevaba con ese propósito. Por las tardes podía vérsele acuclillado en la orilla aclarando con sumo cuidado el envoltorio en el torrente y extendiéndolo a continuación con solemnidad en algún matorral para que se secara.

»Le di una palmada en la espalda y grité:

»—¡Tendremos esos remaches!

»Él se puso de pie de un salto y exclamó como si no pudiera dar crédito a sus oídos:

»—¡No! ¡Remaches!

»Después, en voz baja:

»—Usted..., ¿eh?

»No sé por qué, nos comportamos como lunáticos. Me puse el dedo junto a la nariz y asentí con la cabeza lleno de misterio.

»—¡Muy bien hecho! —chasqueó los dedos sobre la cabeza levantando un pie al mismo tiempo. Yo ensayé una giga. Nos pusimos a hacer cabriolas sobre la cubierta metálica. Un horrible estruendo surgió del viejo cascarón y la selva virgen, desde la otra orilla, lo devolvió como el retumbar de un trueno sobre la dormida estación. Aquello debió de hacer levantarse a alguno de los peregrinos en sus cobertizos. Una silueta oscureció la entrada iluminada de la cabaña del director y desapareció; un segundo o dos después se desvaneció también la luz de la puerta. Nos detuvimos y el silencio que habíamos ahuyentado con nuestros pisotones fluyó de nuevo desde lo más profundo de la tierra. El enorme muro de vegetación, una masa enmarañada y exuberante de troncos, ramas, hojas y lianas inmóviles bajo la luz de la luna, parecía una desordenada invasión de vida silenciosa, una ola arrolladora de plantas amontonadas, a punto de romper sobre la corriente para barrernos a todos de nuestra ínfima existencia. Un estallido apagado de poderosos resoplidos y chapoteos llegó desde la lejanía, como si un ictiosaurio estuviera dándose un baño en el resplandor del gran río.

»— Después de todo —observó el calderero en tono razonable—, ¿por qué no íbamos a conseguir los remaches?

»Lo cierto era que ¡por qué no! No se me ocurría ninguna razón que lo impidiera.

»—Llegarán en tres semanas —dije confiado.

»Pero no fue así. En lugar de los remaches, llegó allí una invasión, un castigo, una plaga. Fue llegando en secciones a lo largo de las tres siguientes semanas, cada sección encabezada por un asno sobre el que iba montado un hombre blanco vestido con ropas nuevas y zapatos embetunados, saludando a izquierda y derecha desde aquella atalaya a los impresionados peregrinos. Una cuadrilla de negros ceñudos con aspecto pendenciero y con los pies maltrechos marchaba tras los talones del asno; muchas tiendas, taburetes de campaña, cajas de hojalata, cajones blancos y fardos marrones iban siendo depositados en el interior del cercado y el aire de misterio se acentuaba un poco en el desorden de la estación. Hubo cinco entregas como esta; su absurdo aspecto, como de una huida desordenada con el botín de innumerables tiendas de pertrechos y almacenes de provisiones, le llevaba a uno a pensar que se arrastraban a la selva después de una incursión para hacer un reparto equitativo. Una mezcla inextricable de cosas, inocentes en sí mismas, pero a las que la locura humana hacía parecer el botín de un robo.

»Aquella pandilla de devotos se hacían llamar a sí mismos la Expedición para la Explotación de El Dorado, y creo que se habían conjurado para guardar el secreto. De cualquier modo, su conversación era la charla de unos sórdidos filibusteros: temeraria, aunque sin fuerza; codiciosa, pero sin audacia, y cruel pero sin ánimo; no había en todo el grupo ni un solo átomo de previsión o planificación seria, y no parecían darse cuenta de que ambas cosas son necesarias si se quiere hacer algo de provecho en este mundo. Su único deseo era arrancar los tesoros de las entrañas de la tierra, sin más apoyo moral que el que puedan tener unos ladrones cuando revientan una caja fuerte. Ignoro quién pagaba los gastos de tan noble expedición, el tío de nuestro director era el jefe de todos ellos.

»Su aspecto exterior era el de un carnicero de los suburbios y en sus ojos había una mirada de astucia soñolienta. Llevaba la obesa panza con ostentación sobre sus cortas piernas. Y, durante el tiempo en que su banda infestó la estación, no habló con nadie salvo con su sobrino. Podía vérselos a los dos deambulando por ahí todo el día, con las cabezas una junto a la otra, inmersos en una interminable confabulación.

»Yo había dejado de preocuparme por los remaches. La capacidad que uno tiene para ese tipo de locuras es más limitada de lo que podría suponerse. Pensé: "¡Al diablo!", y dejé que fueran sucediéndose los acontecimientos. Tenía tiempo de sobra para meditar y, de cuando en cuando, me dedicaba a pensar en Kurtz. No es que estuviera demasiado interesado por él. No. Sin embargo, sentía curiosidad por ver si aquel hombre, que había llegado allí equipado con ideas morales de alguna clase, alcanzaría después de todo la cima y qué es lo que haría una vez allí.

2

—Una tarde estaba tumbado sobre la cubierta de mi vapor y oí aproximarse unas voces: ahí estaban los dos, tío y sobrino, paseando a lo largo de la orilla. Volví a apoyar la cabeza sobre el brazo, y ya casi me había quedado dormido, cuando oí decir a alguien como si me hablara al oído: «Soy tan inofensivo como un niño, pero no me gusta que me manden. ¿Soy el director o no lo soy? Me ordenaron que lo enviara allí. Es increíble…». Me di cuenta de que estaban los dos de pie, en la orilla junto a la proa del vapor, justo debajo de mi cabeza. No me moví, ni siquiera se me pasó por la cabeza hacerlo: estaba amodorrado.

»—Es *muy* desagradable —gruñó el tío.

»—Él pidió a la Administración que lo mandaran allí —dijo el otro— con la intención de demostrar lo que era capaz de hacer, y por eso me dieron mis instrucciones. Imagina la influencia que debe tener ese hombre. ¡Es espantoso!

»Los dos estuvieron de acuerdo en que aquello era espantoso; después hicieron otras extrañas observaciones: "Disponer de un poder omnímodo…", "un hombre solo…", "el Consejo…", "en sus manos…", fragmentos de frases sin sentido que se fueron imponiendo a mi somnolencia, de modo que ya casi había recuperado todo mi entendimiento cuando el tío dijo:

»—El clima podría resolver por ti esa dificultad. ¿Está allí solo?

»—Sí —contestó el director—, envió a su asistente río abajo con una nota para mí en estos términos: "Saque a este pobre diablo del país, y no se moleste en enviarme otro semejante. Antes estar solo que con el tipo de hombre de que usted puede disponer". Eso fue hace más de un año. ¿Puedes imaginar semejante insolencia?

»—¿Alguna cosa desde entonces? —preguntó con voz ronca el otro.

»—Marfil —soltó el sobrino—, y mucho…, de primera clase…, muchísimo, muy irritante por su parte.

»—¿Y con eso? —preguntó la voz áspera y sorda.

»—Las facturas —fue la respuesta disparada, por decirlo de algún modo.

»Después, el silencio. Habían estado hablando de Kurtz.

»Para entonces ya casi me había espabilado por completo, pero como estaba muy cómodo allí tendido y no vi motivo alguno para cambiar de postura, seguí inmóvil.

»—¿Cómo llegó todo el marfil hasta aquí? —gruñó el más viejo, que parecía muy contrariado.

»El otro explicó que había llegado con una flota de canoas al mando de un empleado inglés medio mestizo que Kurtz tenía con él. Parece que el propio Kurtz había tenido la intención de regresar, ya que por aquella época el puesto se había quedado desprovisto de mercancías y provisiones, pero que, después de recorrer trescientas millas, de pronto había decidido dar media vuelta, cosa que hizo él solo en una pequeña piragua con cuatro remeros, dejando que el mestizo continuara río abajo con el marfil. Los dos tipos parecían asombrados de que alguien intentara algo así. Eran incapaces de encontrar un motivo suficiente. A mí, por mi parte, me pareció ver a Kurtz por primera vez. Una imagen precisa: la piragua, cuatro salvajes remando, y el hombre blanco solitario dándole de pronto la espalda a la estación principal, al descanso, tal vez a los recuerdos del hogar… Dirigiendo la vista hacia las profundidades de la selva, hacia su puesto desolado y vacío. Yo no conocía sus motivos. Puede que fuera solo un buen tipo que se aferraba a su labor por amor al trabajo. Su nombre, como comprenderán, no había sido pronunciado una sola vez. Era solo "ese hombre". Al mestizo, quien por lo que pude entender había dirigido el dificultoso viaje con mucha prudencia y valor, lo llamaban invariablemente "ese canalla". El "canalla" había informado de que el "hombre" había estado muy enfermo, no se había recuperado del todo… Entonces los dos que tenía debajo se apartaron unos pasos y se pusieron a pasear a poca distancia de aquí para allá. Oí: "Puesto militar… doctor… doscientas millas… completamente solo ahora… retrasos inevitables… nueve meses… sin noticias… extraños rumores". Volvieron a aproximarse justo cuando el director decía: "Nadie que yo sepa, excepto una especie de traficante, un tipo insufrible que comercia en marfil con los indígenas". ¿De quién estaban hablando ahora? Por los fragmentos que pude reunir, deduje que se trataba de alguien que probablemente estaba en el distrito de Kurtz y que no gozaba de las simpatías del director.

»—No nos libraremos de la competencia desleal hasta que uno de esos tipos sea ahorcado como ejemplo —añadió.

»—Desde luego —gruñó el otro—, ¡haz que lo ahorquen! ¿Por qué no? Todo, todo puede hacerse en este país. Es lo que yo digo: *aquí* nadie, ¿comprendes?, nadie puede poner tu posición en peligro. ¿Por qué? Tú resistes el clima…, les sobrevives a todos. El peligro está en Europa; pero allí ya me ocupé yo antes de salir de…

»Se apartaron y se pusieron a murmurar; después sus voces volvieron a elevarse.

»—La insólita serie de retrasos no es culpa mía. Hice todo lo que pude.

»El gordo suspiró:

»—Muy triste.

»—Y el nefasto despropósito de su conversación —continuó el otro— me fastidió lo suyo cuando estuvo aquí: cada puesto debía ser como un faro en el camino hacia cosas mejores, un centro para el comercio, desde luego, pero también para la humanización, la mejora, la enseñanza. ¿Puedes concebir una cosa así? ¡El muy imbécil! ¡Y quiere ser director! ¡No… es…!

»Aquí el exceso de indignación acabó por atragantarlo y levanté ligerísimamente la cabeza. Me sorprendió ver lo cerca que estaban, los tenía justo debajo. Podría haberles escupido en el sombrero. Estaban mirando al suelo, absortos en sus pensamientos. El director se golpeaba suavemente la pierna con una ramita. Su sagaz pariente levantó la cabeza.

»—¿Has estado bien de salud desde que volviste? —preguntó.

»El otro se sobresaltó

»—¿Quién, yo? ¡Oh!, de maravilla, de maravilla. Pero los demás, ¡Dios mío!, todos enfermos. Se mueren tan deprisa que casi no tengo tiempo de enviarlos fuera del país, ¡es increíble!

»—¡Hum…!, eso es —gruñó el tío—. ¡Ah!, amigo mío, confía en esto, te digo, confía en esto.

»Lo vi extender la corta aleta que tenía por brazo en un gesto que abarcaba la selva, el fango, el remanso, el río. El deshonroso ademán parecía una señal hecha ante la faz iluminada de la tierra: una llamada traicionera a la muerte al acecho, al mal oculto, a las oscuras tinieblas de sus profundidades. Fue algo tan sobrecogedor que me puse en pie y miré hacia atrás, a las lindes de la selva, como si esperara algún tipo de respuesta ante tan siniestra demostración de fe. Ya saben, una de esas tontas ideas que le pasan a veces a uno por la cabeza. El imponente silencio hacía frente a aquellas dos figuras con su amenazadora paciencia, esperando a que pasara la fantástica invasión.

»Los dos blasfemaron a la vez en voz alta (de puro miedo creo yo), después, y fingiendo ignorar mi presencia, volvieron hacia la estación. El sol estaba bajo; inclinados uno junto al otro, parecían estar acarreando con dificultad sus dos ridículas sombras, que se arrastraban lentamente tras ellos por encima de las altas hierbas sin doblar una sola hoja.

»Unos pocos días más tarde, la Expedición El Dorado partió hacia el interior de la paciente espesura, que se cerró tras ella como se cierra el mar detrás de un buzo. Mucho después llegaron noticias de que todos los burros habían muerto. Nada sé acerca del destino que sufrieron los otros animales, los de menor valor. Encontraron, qué duda cabe, lo que se merecían, como todos nosotros. No lo pregunté. Por entonces estaba bastante ilusionado con la perspectiva de estar muy pronto con Kurtz. Cuando digo muy pronto quiero decir relativamente: el día que llegamos a la orilla junto al puesto de Kurtz, hacía justo dos meses que habíamos dejado el remanso del río.

»Remontar el río era como regresar a los orígenes del mundo, cuando la vegetación se agolpaba sobre la tierra y los grandes árboles eran los reyes de la creación. Una corriente vacía, un enorme silencio, una espesura impenetrable. El aire era cálido, denso, pesado, indolente. No había alegría alguna en el brillo de la luz del sol. Las largas extensiones por las que fluía el río se perdían desiertas en la oscuridad de las distantes tinieblas. En los bancos de arenas plateadas cocodrilos e hipopótamos tomaban juntos el sol. Las aguas, ensanchándose, fluían entre una multitud de islas cubiertas de vegetación; podía uno perderse en el río con la misma facilidad con la que se perdería en un desierto y tropezar todo el día con bancos de arena, tratando de encontrar el canal, hasta llegar a creerse embrujado y aislado para siempre de todo lo que había conocido hasta entonces —lejos, en algún lugar—, en otra vida tal vez. Había momentos en los que se te aparecía el pasado, como ocurre a veces cuando no dispones ni de un instante para dedicártelo a ti mismo, pero lo hacía en forma de sueño ruidoso y agotador, recordado con asombro ante la sobrecogedora realidad de aquel extraño mundo de agua, plantas y silencio. Aquella quietud no se parecía en lo más mínimo a la paz. Era la quietud de una fuerza implacable que meditaba melancólicamente sobre algún enigmático propósito. Te miraba con aire vengativo. Más tarde me acostumbré. Dejé de notarlo; no tenía tiempo. Tenía que adivinar constantemente por dónde iba el canal; tenía que distinguir, la mayor parte de las veces por pura intuición, los indicios de los bancos ocultos; vigilaba buscando rocas sumergidas; iba aprendiendo a apretar los dientes justo antes de que el corazón se me escapara cuando, de pura chiripa, esquivábamos algún viejo y disimulado obstáculo salido del infierno que habría arrancado la vida al vapor de hojalata y ahogado a todos los peregrinos; tenía que estar atento a las señales que revelaban la presencia de madera seca que cortaríamos durante la noche para abastecer al día siguiente la caldera. Cuando uno tiene que ocuparse de ese tipo de cosas, de las cosas que ocurren en la superficie, la realidad, la realidad les digo, se desdibuja. Afortunadamente, la verdad interior está oculta. Aunque, a pesar de todo, yo la sentía. Sentía a menudo su misteriosa calma observándome mientras hacía mis diabluras, igual que los observa a ustedes cuando actúan en sus respectivas cuerdas flojas por…, ¿cuánto es?…, media corona la voltereta.

—Trata de ser educado, Marlow —refunfuñó una voz. Supe así que, aparte de mí, había al menos otro oyente despierto.

—Les ruego que me perdonen, olvidaba la angustia que va incluida en el precio. Y al fin y al cabo, ¿qué importa el precio si la actuación es buena? Ustedes lo hacen muy bien. Y yo tampoco lo hice tan mal, puesto que me las arreglé para no hundir el vapor en mi primer viaje. Todavía me maravillo de aquello. Imaginen a un hombre con los ojos vendados al que le hicieran conducir un carruaje por un camino en mal estado. Temblé y sudé lo mío, se lo aseguro. Después de todo, para un marino arañar el fondo de un objeto que se supone que debe mantenerse a flote mientras esté a su cuidado es el más imperdonable de los pecados. Puede que nadie se dé cuenta, pero uno nunca olvida el choque, ¿eh? Un golpe en el mismísimo corazón. Lo recuerdas, sueñas con él, te despiertas en mitad de la noche años después con escalofríos por todo el cuerpo y piensas en ello. No quiero decir con eso que el vapor flotara todo el tiempo. En más de una ocasión tuvo que vadear un poco, con veinte caníbales empujando y chapoteando a su alrededor. Habíamos enrolado de camino a algunos de esos muchachos como tripulación. En su país, esos caníbales son buenos tipos. Hombres con los que se podía trabajar, y a los que estoy agradecido. Después de todo, no se devoraban unos a otros en mi presencia: habían llevado una provisión de carne de hipopótamo que se pudrió e hizo heder el misterio de la selva en mis mismas narices. ¡Puaf!, todavía puedo olerlo. Llevaba a bordo al director y a tres o cuatro peregrinos con sus báculos, todo completo. Algunas veces encontrábamos un puesto junto a la orilla, aferrado a las faldas de lo desconocido, y los hombres blancos que salían apresuradamente de una casucha semihundida dando grandes muestras de alegría, sorpresa y bienvenida parecían extraños, tenían aspecto de estar allí cautivos por un encantamiento. La palabra marfil resonaba durante un rato en el aire y de nuevo nos internábamos en el silencio, a lo largo de extensiones vacías, doblando los tranquilos recodos, entre los altos muros de nuestra sinuosa ruta en los que reverberaba el pesado ruido de la rueda del vapor como si se tratara de huecos aplausos. Árboles, árboles, miles de árboles, imponentes, inmensos, trepando hacia lo alto; y a sus pies, arrimado a la orilla, a contracorriente, avanzaba a paso de tortuga el pequeño y tiznado vapor, como un escarabajo perezoso que se arrastrara por el suelo bajo un majestuoso pórtico. Se sentía uno muy pequeño, muy perdido, y sin embargo la sensación no era del todo deprimente. Al fin y al cabo, aunque fuésemos tan pequeños, el sucio escarabajo seguía arrastrándose, justo como queríamos que hiciera. Ignoro hacia dónde imaginaban los peregrinos que se deslizaba, aunque apuesto lo que quieran a que pensaban que iba a algún lugar donde podrían conseguir alguna cosa. En cuanto a mí, se deslizaba exclusivamente hacia Kurtz; aunque, cuando los tubos del vapor empezaron a tener fugas, nos movimos muy despacio. Las extensiones de agua se abrían ante nosotros y se cerraban a nuestra espalda, como si la selva hubiera avanzado lentamente sobre las aguas para bloquear el camino de regreso. Penetrábamos más y más en el corazón de las tinieblas. Allí todo estaba muy silencioso. En ocasiones, de noche, el retumbar de los tambores, detrás de la cortina de árboles, ascendía por el río quedándose vagamente suspendido, como si se cerniera en el aire sobre nuestras cabezas, hasta que apuntaba el día. Si su significado era guerra, paz u oración, no hubiéramos podido decirlo. La caída de una heladora calma anunciaba cada mañana el amanecer, los leñadores dormían, sus fogatas ardían débilmente, el crujido de una ramita le habría sobresaltado a uno. Vagábamos por una tierra prehistórica, una tierra que parecía un planeta desconocido. Podríamos haber imaginado ser los primeros hombres en tomar posesión de una herencia maldita, que solo podría ser dominada al precio de angustias terribles y agotadores trabajos. Sin embargo, de pronto, mientras luchábamos por doblar un recodo, entreveíamos unas paredes de juncos y puntiagudos tejados de hierba: una explosión de alaridos, un remolino de negras extremidades, un amasijo de manos dando palmas, de pies pateando, de cuerpos tambaleándose, de ojos en blanco bajo el follaje que pendía pesado e inmóvil. El vapor pasaba trabajosamente junto al borde de un negro e incomprensible frenesí. El hombre prehistórico nos maldecía, nos suplicaba, nos daba la bienvenida… ¿Quién podría decirlo? Estábamos imposibilitados para entender lo que nos rodeaba; pasábamos deslizándonos como fantasmas, asombrados y horrorizados en el fondo, como cualquier hombre cuerdo lo estaría ante un brote de entusiasmo en un manicomio. No podíamos comprender, porque aquello nos quedaba demasiado lejos y ya no podíamos recordar, ya que viajábamos en la noche de los prime-

ros tiempos, tiempos que se han ido, casi sin dejar huellas…
y ningún recuerdo.

»La tierra tenía un aspecto sobrenatural. Nos hemos acostumbrado a ver al monstruo encadenado y vencido, pero allí…, allí podía uno verlo aborrecible y en libertad. Era algo sobrenatural, y los hombres…, no, no eran inhumanos. Bueno, ya comprenderán, eso era lo peor: la sospecha de que pudieran no ser inhumanos le embargaba a uno lentamente. Aullaban, saltaban, daban vueltas y hacían muecas espantosas; pero lo que daba escalofríos era precisamente la idea de que fueran humanos como tú, la idea de tu remoto parentesco con aquella agitación salvaje y apasionada. Inquietante. Sí, era francamente inquietante, pero cualquiera que fuera lo bastante hombre admitiría para sí que existía en él el vestigio de una leve respuesta a la terrible franqueza de aquel ruido. La oscura sospecha de que había en todo aquello un significado que uno, tan lejos en la noche de los tiempos, podía llegar a comprender. ¿Y por qué no? La imaginación humana es capaz de cualquier cosa porque lo abarca todo. Tanto el pasado como el futuro. ¿Qué es lo que había allí al fin y al cabo? Alegría, temor, pena, devoción, valor, ira, ¿cómo saberlo?, ¿acaso algo distinto de la verdad, de la verdad desprovista del ropaje del tiempo? Dejemos a los idiotas que tiemblen boquiabiertos, hay quien lo sabe y es capaz de afrontarlo sin parpadear. Pero tiene que ser al menos tan hombre como los de la orilla. Debe enfrentarse a la verdad con su propio ser, con la fuerza innata en él. ¿Los principios? Los principios no sirven de nada. Son adquisiciones, ropajes, bonitos harapos, harapos que se desprenden a la primera sacudida de verdad. No, lo que hace falta son creencias sobre las que uno haya meditado antes. De ese tumulto diabólico surge una llamada que me atrae, ¿no es eso?, muy bien, lo admito, la oigo, pero también yo tengo una voz y, para bien o para mal, no puede ser silenciada. Por supuesto, un necio, por muy asustado y lleno de nobles sentimientos que esté, siempre se encuentra a salvo. ¿Quién refunfuña por ahí? ¿Se asombran ustedes de que no desembarcara a bailar y aullar un poco en la orilla? Pues no, no lo hice. ¿Nobles sentimientos? ¡Al diablo con los nobles sentimientos! No tuve tiempo. Les digo que estaba demasiado ocupado con el albayalde y las tiras de manta de lana ayudando a vender las tuberías llenas de escapes, tenía que estar atento al timón, esquivar los obstáculos y llevar adelante, por las buenas o por las malas, aquel montón de hojalata. Había las suficientes verdades superficiales en eso como para salvar a un hombre más juicioso que yo. Al mismo tiempo, tenía que vigilar al salvaje que hacía de fogonero. Un espécimen perfeccionado: sabía manejar una caldera vertical. Trabajaba debajo de donde yo estaba, y les doy mi palabra de que mirarlo era tan edificante como ver a un perro, con unos calzones y un sombrero de plumas, andar sobre las patas traseras. Unos meses de práctica habían sido suficientes para el estupendo muchacho. Miraba de reojo el manómetro y el indicador del nivel del agua con evidentes e intrépidos esfuerzos; además, el pobre diablo tenía los dientes limados, el pelo de la cabeza afeitado formando extraños dibujos y tres cicatrices ornamentales en cada mejilla. Hubiera debido estar dando palmas y patadas en la orilla, y en lugar de eso se esforzaba en su trabajo, víctima de un extraño maleficio, y lleno de conocimientos provechosos. Era útil porque había sido instruido; él tan solo sabía lo siguiente: en el caso de que el agua desapareciera de aquella cosa transparente, el espíritu maligno del interior de la caldera se enfadaría a causa de la enormidad de su sed y se cobraría una terrible venganza. De

manera que sudaba lo suyo, echaba leña al fuego y miraba ate-
morizado el cristal (con un amuleto improvisado hecho de
trapos atado al brazo y un pedazo de hueso pulido, tan grande como un reloj, insertado horizontalmente a través del labio inferior), mientras pasábamos deslizándonos junto a las
orillas arboladas, el breve alboroto quedaba atrás, millas inter-
minables de silencio se sucedían y nosotros seguíamos arrastrándonos hacia Kurtz. Sin embargo, los gruesos obstáculos, las
aguas traicioneras y poco profundas, y la caldera, que parecía
contener de verdad un demonio malhumorado, hacían que ni
el fogonero ni yo tuviéramos tiempo de escudriñar nuestros
escalofriantes pensamientos.

»Unas cincuenta millas antes de llegar al Puesto Interior,
encontramos una cabaña construida con cañas, un poste inclinado y melancólico con los jirones irreconocibles de lo
que en otro tiempo había sido una bandera ondeando en él
y un montón de leña cuidadosamente apilada. Aquello era
algo inesperado. Desembarcamos en la orilla y hallamos, junto
a la pila de leña, un trozo de tabla con unas palabras casi bo-
rradas escritas a lápiz. Una vez descifradas, decían lo siguiente: "La leña es para ustedes. Apresúrense. Acérquense con
cautela". Había una firma ilegible, pero no era la de Kurtz,
se trataba de un nombre mucho más largo. "Apresúrense."
¿Adónde? ¿Río arriba? "Acérquense con cautela." No lo habíamos hecho, pero la advertencia no podía referirse al lugar
al que había que llegar para encontrarla. Algo iba mal río arriba. Pero ¿qué? ¿Y hasta qué punto? Esa era la cuestión. Hici-
mos algunos comentarios adversos sobre la imbecilidad de aquel
estilo telegráfico. La espesura en derredor nada decía y tampoco
iba a dejarnos ver gran cosa. Una cortina rasgada de tela roja
colgaba a la entrada de la cabaña y aleteaba tristemente ante no-

sotros. La vivienda estaba desmantelada, pero se notaba que un hombre blanco había estado viviendo allí no hacía mucho. Quedaba una tosca mesa, una tabla sobre dos troncos, un montón de basura en un oscuro rincón y un libro que recogí junto a la puerta. Había perdido las tapas, y las páginas, de tanto manosearlas, habían quedado extremadamente blandas y sucias; sin embargo, el lomo había sido amorosamente recosido con hilo blanco de algodón que parecía todavía limpio. Un hallazgo insólito. Se titulaba *Investigación sobre algunos aspectos de la náutica*, escrito por alguien llamado Tower, Towson o algo por el estilo, capitán de navío de la Armada de Su Majestad. Como tema de lectura parecía bastante aburrido, con esquemas ilustrativos y repulsivas tablas de números; el ejemplar tenía sesenta años. Hojeé la sorprendente antigualla con el mayor cuidado no fuera a deshacerse entre mis dedos. En su interior, Towson o Towser investigaba seriamente la resistencia a la tensión de las cadenas y los aparejos de los barcos y otras cosas semejantes. No era un libro muy apasionante, pero a primera vista se advertía en él una dedicación, una honesta preocupación por la manera correcta de ponerse a trabajar, que hacían que aquellas humildes páginas, meditadas hacía tantos años, tuvieran una luminosidad superior a la meramente profesional. El viejo y sencillo marino, con su charla sobre amarres y cadenas, me hizo olvidar la jungla y a los peregrinos, me proporcionó la sensación deliciosa de haber encontrado algo que era inequívocamente real. Que un libro semejante estuviese allí era ya bastante sorprendente, pero más asombrosas aún eran las notas, sin duda referidas al texto, que había escritas a lápiz en los márgenes. ¡No podía dar crédito a mis ojos! ¡Estaban escritas en lenguaje cifrado! Sí, parecían estar en clave. Imaginen a un hombre cargando con un libro como el que les he descrito hasta aquella tierra de nadie, leyéndolo y escribiendo en él notas en clave. Qué extraño misterio.

»Hacía un rato que era vagamente consciente de un molesto sonido y, cuando levanté la vista, vi que la pila de leña había desaparecido y que el director, ayudado por todos los peregrinos, me gritaba desde la orilla. Me metí el libro en el bolsillo. Les aseguro que dejar de leer fue como abandonar de mala gana el cobijo de una vieja y sólida amistad.

»Arranqué el lisiado motor para seguir adelante.

»—Debe de tratarse de ese traficante despreciable, ese intruso —exclamó el director mirando con malevolencia hacia atrás.

»—Debe de ser inglés —dije yo.

»—Eso no lo salvará de meterse en un buen lío si no anda con cuidado —murmuró sombrío el director.

»Yo le hice ver con fingida inocencia que nadie en este mundo está a salvo de meterse en líos.

»La corriente era ahora más rápida, el barco parecía a punto de exhalar su último aliento, la rueda del vapor caía pesada y lánguidamente, me sorprendí a mí mismo escuchando de puntillas la llegada de cada palada, porque la pura verdad es que me temía que, en cualquier momento, el desdichado trasto dejaría de funcionar. Era como asistir a los últimos momentos de una agonía, pero aun así seguíamos arrastrándonos. De cuando en cuando, elegía un árbol que estuviera un poco por delante para medir nuestro avance hacia Kurtz, pero antes de que lo tuviéramos por el través lo perdía invariablemente. Mantener la vista fija en un solo sitio durante tanto tiempo estaba más allá de la paciencia humana. El director hacía gala de una maravillosa resignación. Por mi parte, yo me impacientaba, echaba pestes y discutía conmigo mismo sobre si debería o no hablarle abiertamente a Kurtz; pero antes de llegar a ninguna conclusión se me pasó por la cabeza que tanto mi conversación como mi silencio, en realidad cualquier acto por mi parte, sería una pura futilidad. ¿Qué importaba lo que nadie supiera o dejara de saber? ¿Qué importaba quién fuera el director? A veces tiene uno un destello de clarividencia así. Lo esencial del asunto estaba muy por debajo de la superficie, fuera de mi alcance y más allá de mi capacidad de entrometerme.

»Hacia el atardecer del segundo día, calculamos que debíamos hallarnos a unas ocho millas del puesto de Kurtz. Yo quería seguir adelante, pero el director me dijo con aire preocupado que la navegación resultaba allí tan peligrosa que sería recomendable esperar donde estábamos hasta la mañana siguiente, pues el sol estaba ya muy bajo. Además, señaló que si queríamos tener en cuenta la advertencia de aproximarnos con precaución, debíamos hacerlo a la luz del día, no al atardecer o en la oscuridad. Lo que decía era bastante sensato. Para nosotros, ocho millas significaban casi tres horas de navegación, y además yo había visto unas olas sospechosas en la parte alta del río. Sin embargo no podría expresar con palabras el fastidio que me ocasionó el retraso, lo cual, por otro lado, no dejaba de ser totalmente absurdo, puesto que después de tantos meses una noche más no podía importar demasiado. Como estábamos bien provistos de leña y la consigna era "precaución", ordené echar el ancla en el centro del río. El cauce allí era recto y angosto, con altas paredes de vegetación a los lados, como una trinchera de ferrocarril. El crepúsculo se introdujo en él, deslizándose mucho antes de que se pusiera el sol. La corriente fluía tersa y rápida, pero en las orillas se instaló una callada quietud. Los árboles, enlazados unos con otros por las lianas, y todos y cada uno de los arbustos de la espesura parecían haberse transformado en piedra, incluso la rama más fina, la hoja más ligera. Aquello no se parecía a un sueño, era algo sobrenatural, como un estado de trance. No se oía ni el más mínimo sonido. Se quedaba uno allí, mirando lleno de asombro, y empezaba a sospechar si no se habría quedado sordo. Después, llegó de pronto la noche, dejándonos, además, ciegos. Alrededor de las tres de la madrugada, algún pez saltó y el ruidoso chapoteo que produjo me sobresaltó como si hubieran disparado un cañonazo. Cuando salió el sol, había una niebla blanca, muy cálida y pegajosa, más cegadora aún que la noche. No cambiaba ni se movía, tan solo te envolvía como si fuera algo sólido. Hacia las ocho o las nueve, se levantó como se levanta una persiana. Por un instante, vislumbramos la imponente masa de árboles y la inmensidad de aquella enmarañada jungla con el disco del sol colgando sobre ella, todo absolutamente inmóvil; entonces, la persiana blanca volvió a bajar, suavemente, como si se deslizara por rieles bien engrasados. Ordené que volvieran a echar el ancla, que ya habíamos empezado a recoger. Antes de que terminara de caer con un sordo traqueteo, se elevó por el aire casi opaco un grito, un grito muy fuerte de una desolación infinita. Luego cesó y un clamor lastimoso lleno de salvajes disonancias inundó nuestros oídos. Lo absolutamente inesperado de aquel griterío hizo que se me erizara el pelo debajo de la gorra. Ignoro cómo les afectó a los demás ese estrépito lúgubre y tumultuoso. Fue algo tan repentino, daba tanto la impresión de surgir de todas partes al mismo tiempo, que me pareció que había sido la propia niebla la que había gritado. Culminó con una explosión apasionada de chillidos exagerados, casi insoportables, que se detuvo de pronto dejándonos paralizados en toda una gama de posturas estúpidas, escuchando con obstinación el silencio casi igual de exagerado y aterrador.

»—¡Dios mío! Pero ¿qué significa…? —balbució junto a mi hombro uno de los peregrinos, un hombrecillo grueso, de pelo rubio y patillas pelirrojas que calzaba botas de elástico y vestía un pijama color rosa remetido por los calcetines.

»Otros dos se quedaron un minuto entero con la boca abierta y a continuación entraron precipitadamente en el camarote, salieron, y se quedaron allí, lanzando atemorizadas miradas con los Winchester "dispuestos" en la mano. Lo único que se veía era el vapor en el que estábamos, cuyos contornos estaban tan borrosos que parecía a punto de disolverse, y una vaporosa franja de agua de algo más de medio metro de anchura alrededor de él. Eso era todo. Por lo que a nuestros ojos y oídos se refería, el resto del mundo había dejado de existir. Simplemente no existía. Se había ido, desaparecido, esfumado sin dejar ni un susurro ni una sombra tras él.

»Fui a proa y ordené recoger la cadena del ancla de inmediato, de modo que, en caso de necesidad, pudiéramos levar anclas y poner en marcha el vapor en el acto.

»—¿Nos atacarán? —susurró una voz acobardada.

»—Nos van a masacrar a todos en esta niebla —murmuró otro.

»Los rostros se crispaban debido a la tensión, las manos temblaban ligeramente, los ojos dejaban de parpadear. Era muy curioso observar el contraste entre las expresiones de los blancos y las de los negros de la tripulación, quienes en aquella parte del río eran tan forasteros como nosotros a pesar de que sus hogares estuvieran tan solo a ochocientas millas de allí. Los blancos, muy desconcertados por supuesto, tenían además el curioso aspecto de haber sido dolorosamente sorprendidos por tan terrible estruendo. Los otros conservaban una expresión naturalmente interesada y en guardia; pero, ante todo, sus rostros reflejaban calma, incluso los de los dos o tres que hacían muecas mientras recogían la cadena. Muchos intercambiaban, casi gruñendo, breves frases que parecían resolver para ellos el asunto a su entera satisfacción. Su jefe, un joven negro de espaldas anchas, ataviado severamente con telas ribeteadas de color azul, con feroces ventanas de la nariz y el pelo artísticamente decorado con grasientos tirabuzones, estaba a mi lado.

»—¡Ajá! —le dije como muestra de buena camaradería.

»—Cogerlo —dijo de pronto, a la vez que se le dilataban los ojos como inyectados en sangre y le brillaban los dientes afilados—. Cogerlo, darlo a nosotros.

»—A vosotros, ¿eh? —pregunté—. ¿Y qué haríais con ellos?

»—¡Comerlo! —dijo con brusquedad, y miró hacia la niebla apoyando el codo en la borda y adoptando una actitud digna y profundamente pensativa.

»Sin duda, debiera haberme horrorizado de no haber sabido que él y sus compañeros debían de estar hambrientos; que, desde hacía por lo menos un mes, su apetito había debido de ir en aumento. Llevaban enrolados seis meses (no creo que ninguno de ellos tuviera una idea clara del tiempo como la que hemos adquirido nosotros después de innumerables generaciones. Ellos pertenecían aún a los orígenes del tiempo, era como si carecieran de una experiencia heredada de la que pudieran aprender), y por supuesto mientras existiera un trozo de papel redactado río abajo de acuerdo con esta o aquella ridícula ley, nadie se iba a complicar la vida preguntándose de qué iban a vivir. Es cierto que habían llevado consigo algo de carne de hipopótamo putrefacta, pero, de todos modos, tampoco les habría durado mucho, incluso si los peregrinos no hubieran arrojado buena parte de ella por la borda en medio de un tremendo escándalo. Aquel pudo parecer un procedimiento algo arbitrario, pero en realidad se trataba de un caso de legítima defensa. No es posible respirar hipopótamo muerto al despertarse, durante el sueño y a la hora de la comida, y conservar al mismo tiempo un precario apego por la existencia. Además, cada semana les habían dado tres trozos de alambre de latón de unos veinticinco centímetros de largo, y en teoría ellos debían comprar sus provisiones con aquella moneda en los pueblos de la orilla del río. Ya pueden imaginarse… O no había tales pueblos, o sus habitantes eran hostiles, o bien el director, quien como el resto de nosotros se alimentaba a base de conservas a las que de cuando en cuando añadíamos algún cabrito, no quería detener el vapor por motivos más o menos ocultos. De manera que, a no ser que se comieran el alambre o fabricaran lazos para atrapar peces con él, no consigo comprender qué utilidad podía tener para ellos un salario tan extraño; pero debo admitir que se les pagaba con la regularidad digna de una importante y respetable compañía mercantil. Por lo demás, la única cosa comestible (aunque por su aspecto no parecía serlo en absoluto) que vi en su poder eran unos pocos trozos de una especie de pasta medio cocida, de sucio color azulado, que guardaban envueltos en hojas y de los que, de cuando en cuando, engullían algún bocado, aunque tan pequeño que daba la impresión de que lo hacían más por guardar las apariencias que por asegurar su sustento. Todavía hoy, cuando pienso en ello, me asombra que, atormentados por los demonios del hambre, no nos atacaran (eran treinta contra cinco) y se dieran, por una vez en la vida, un buen atracón.

Eran hombres altos y fornidos, casi sin capacidad de sopesar las consecuencias, valerosos, incluso fuertes aún, a pesar de que su piel había dejado de estar lustrosa y sus músculos ya no eran tan firmes. Me di cuenta de que ahí entraba en juego algo que los frenaba, uno de esos secretos del género humano que desafían las leyes de la probabilidad. Los miré con un repentino aumento de interés, no porque se me ocurriera que antes de que pasara mucho tiempo podía ser devorado por ellos, aunque tengo que reconocer que justo entonces me di cuenta (como si lo viera bajo una nueva luz) del aspecto tan poco saludable que tenían los peregrinos. Y llegué a desear, sí, deseé con toda mi alma que mi aspecto no fuese, ¿cómo decirlo?, tan poco apetitoso, un rasgo de fantástica vanidad que encajaba muy bien con las sensaciones casi oníricas que impregnaban todos mis días en aquella época. También puede que tuviera un poco de fiebre. ¡No puede uno estar tomándose el pulso continuamente! De vez en cuando tenía "algo de fiebre" o alguna que otra ligera indisposición: eran los zarpazos juguetones de la selva, insignificancias precursoras del ataque más grave, que tuvo lugar a su debido tiempo. Sí, los miré como mirarían ustedes a cualquier ser humano: con curiosidad por conocer cuáles serían sus impulsos, sus motivaciones, sus aptitudes y sus debilidades si tuvieran que pasar por la prueba de una inexorable necesidad física. ¡Un freno! Pero ¿qué clase de freno? ¿Se trataba de la superstición, de la repugnancia, de la paciencia, del temor o de alguna forma de honor primitivo? Ningún temor puede competir con el hambre, no existe paciencia capaz de acabar con ella, la repugnancia simplemente no existe allí donde hay hambre, y por lo que se refiere a la superstición, las creencias y lo que ustedes podrían llamar principios no son más que hojas muertas que se lleva el viento.

¿Acaso no conocen ustedes lo infernal de una hambruna prolongada, la exasperación que produce ese tormento, los negros
pensamientos que lo acompañan, su siniestra y sombría ferocidad? Pues bien, yo sí. Son necesarias todas las fuerzas innatas del ser humano para combatir debidamente con el hambre.
Es mucho más sencillo enfrentarse a la pérdida de un ser querido, al deshonor, a la perdición de la propia alma que a ese
tipo de inanición prolongada. Es triste pero cierto. Además,
aquellos hombres no tenían motivo alguno para sentir el menor tipo de escrúpulo. ¡Un freno! Podía esperarse encontrar la
misma clase de freno en una hiena que merodea entre los cadáveres de un campo de batalla. Y sin embargo, el hecho es
que allí estaba, frente a mí, deslumbrante, como la espuma
sobre las profundidades del mar, como una onda sobre un insondable misterio. Un misterio aún más enigmático (cuando
me paro a pensarlo) que la extraña e inexplicable muestra de
desesperada aflicción que había en el salvaje clamor que nos
había llegado desde la orilla, más allá de la blancura cegadora
de la niebla.

»Dos peregrinos discutían con susurros apresurados acerca
de cuál de las dos orillas…

»—La izquierda.

»—No, no; pero ¿cómo puedes decir eso? La derecha, por
supuesto, la derecha.

»—Esto es muy preocupante —dijo detrás de mí la voz
del director—, deploraría que algo le sucediera al señor Kurtz
antes de que lleguemos allí.

»Lo miré, y no me cupo la menor duda de que estaba
siendo sincero. Era la clase de hombre al que le gusta mantener las apariencias. Aquel era su freno. Pero cuando murmuró algo acerca de ponernos inmediatamente en camino, ni

siquiera me tomé la molestia de contestarle. Él sabía tan bien como yo que era imposible. En cuanto dejáramos de aferrarnos al fondo, quedaríamos por completo en el aire, en el espacio. Nos sería imposible saber hacia dónde nos estábamos moviendo, a favor, en contra o a través de la corriente, hasta que chocáramos con una de las dos orillas. Y aun entonces, en los primeros momentos, no podríamos saber de cuál de las dos se trataba. Por supuesto, ni me moví. No tenía el menor interés en que nos estrelláramos. No podrían imaginar ustedes lugar más funesto para un naufragio. Era evidente que, tanto si nos ahogábamos en el acto como si no, habríamos muerto rápidamente de un modo u otro.

»—Lo autorizo para que se arriesgue cuanto sea necesario —dijo tras un breve silencio.

»—Y yo me niego a arriesgarme lo más mínimo —repliqué con brevedad.

»Era precisamente la respuesta que él esperaba, aunque puede que el tono empleado le sorprendiera un poco.

»—Bien, debo aceptar su parecer. Usted es el capitán —dijo con mucha educación.

»Para demostrarle mi agradecimiento le di la espalda y miré hacia la niebla. ¿Cuánto tiempo duraría? Nuestras expectativas eran de lo más desoladoras. El camino que llevaba hasta ese Kurtz, que escarbaba en busca de marfil en la maldita espesura, estaba tan lleno de peligros como si se tratara de una princesa encantada que durmiera en un fabuloso castillo.

»—¿Cree usted que atacarán? —preguntó el director adoptando un tono reservado.

»Por diversos motivos, me inclinaba a pensar que no atacarían. Uno de ellos era la espesa niebla. Si abandonaban la orilla a bordo de sus canoas, se perderían exactamente igual que nosotros si intentábamos movernos. Además, me había dado la impresión de que la selva era casi impenetrable en ambas orillas; y no obstante había ojos en ella que nos habían visto. Desde luego la vegetación en los márgenes del río era muy espesa, pero evidentemente la maleza de detrás era penetrable; sin embargo, durante los breves instantes en los que se levantó la niebla no había visto una sola canoa en todo el tramo, y mucho menos a los lados del vapor. Pero lo que en mi opinión hacía casi inconcebible la posibilidad de un ataque era la propia naturaleza del ruido, de los gritos que habíamos oído. Carecían de esa característica ferocidad que presagia la inminencia de una acción hostil. A pesar de lo violentos, salvajes y repentinos que habían sido, me habían transmitido una insoportable sensación de tristeza. Por alguna razón, la vista del vapor había llenado de infinito pesar a los salvajes. El peligro, si es que existía alguno, expliqué, se derivaba de nuestra proximidad a una pasión humana desatada. Incluso el dolor extremo puede degenerar finalmente en violencia, aunque tome más frecuentemente la forma de la apatía…

»¡Deberían haber visto la mirada atónita de los peregrinos! No tuvieron ánimos para sonreír o cubrirme al menos de improperios, creo que pensaron que me había vuelto loco, de miedo tal vez. Los obsequié con una detallada conferencia. Amigos míos, de nada servía preocuparse. ¿Mantenernos en guardia? Bueno, ya supondrán que escudriñaba la niebla a la espera de un indicio de que empezara a levantarse igual que observa a un ratón un gato; pero, excepto para eso, nuestros ojos no nos eran de mayor utilidad que si hubiéramos estado enterrados a miles de metros de profundidad debajo de una montaña de algodón. Y esa era precisamente la impresión que producía: asfixiante, cálido y sofocante. Además, todo lo que dije, aunque pudiera parecer extraño, estaba totalmente de acuerdo con la realidad. El suceso al que más tarde nos referiríamos como un ataque, fue en realidad un intento de rechazarnos. Aquella acción distó mucho de ser agresiva, ni siquiera defensiva en el sentido habitual del término: fue llevada a cabo bajo la presión de la desesperación, y en esencia fue puramente protectora.

»Se desarrolló, diría yo, unas dos horas después de que levantara la niebla, y su inicio tuvo lugar más o menos a una milla y media río abajo del puesto de Kurtz. Acabábamos de doblar un recodo dando tumbos penosamente, cuando vi una isleta, un simple montículo cubierto de hierba de un verde brillante, en medio de la corriente. No se veía más que uno; pero a medida que se despejaba algo más la vista, me di cuenta de que era la cabecera de un largo banco de arena o más bien de una cadena de pequeños bancos poco profundos, que se extendía a lo largo del río. Estaban descoloridos, a flor de agua, el conjunto se veía bien bajo la corriente, exactamente igual que se ve debajo de la piel la columna vertebral de un hombre a lo largo de su espalda. Bueno, hasta donde alcancé a ver, era posible seguir por la izquierda o por la derecha del banco. Por supuesto, no conocía ninguno de los canales. Las orillas tenían un aspecto muy similar y la profundidad parecía ser la misma; pero como me habían informado de que el puesto estaba en la orilla oeste, naturalmente puse rumbo al paso del oeste.

»Acabábamos de entrar limpiamente en él, cuando me di cuenta de que era mucho más estrecho de lo que había imaginado. A nuestra izquierda estaba el largo e ininterrumpido banco de arena, y a la derecha una orilla alta, de pendiente pronunciada y densamente cubierta de arbustos. Por encima de la maleza los árboles se erguían en filas apretadas. El follaje pendía pesadamente sobre la corriente y de cuando en cuando una gran rama de árbol se elevaba rígida por encima del agua. La tarde estaba ya bastante avanzada, el rostro de la selva tenía un aspecto lóbrego y sobre el agua había caído ya una ancha franja de sombra bajo la cual navegábamos río arriba, aunque, como comprenderán, lo hacíamos muy lentamente; acerqué el vapor tanto como pude a la orilla, ya que, según revelaba el palo de la sonda, el agua allí era más profunda.

»Uno de mis hambrientos e indulgentes amigos medía la profundidad a proa, justo debajo de donde yo estaba. El vapor era muy parecido a una gabarra de dos puentes: en cubierta había dos casetas de madera de teca con puertas y ventanas. La caldera estaba a proa y la maquinaria justo en la popa. Por encima de todo había una delgada techumbre sujeta por varios puntales. La chimenea sobresalía a través del tejado y enfrente de ella había una pequeña cabina construida con delgados tablones que servía de garita del timonel. En su interior había una litera, dos taburetes de campaña, un rifle Martini-Henry cargado apoyado en un rincón, una pequeña mesa y la rueda del timón. Enfrente había una puerta bastante amplia y a los lados dos grandes portillas. Por supuesto siempre estaban todas abiertas de par en par. Me pasaba los días ahí arriba, en el extremo de proa del tejado, delante de la puerta. Por las noches dormía, o al menos lo intentaba, en la litera. El timonel era un negro atlético que pertenecía a alguna de las tribus de la costa y que había sido aleccionado por mi desdichado predecesor. Iba envuelto de la cintura a los tobillos en una tela de color azul, lucía un par de pendientes de latón y debía de pensar que tenía el mundo en sus manos: era el más insensato chiflado que he visto en mi vida. Si estabas por allí cerca, manejaba el timón dándose muchos humos, pero si te perdía de vista era presa de un miedo cerval y dejaba que, en menos de un minuto, el control del tullido vapor se le fuera de las manos.

»Estaba mirando muy contrariado el palo de la sonda, porque cada vez sobresalía más del agua, cuando de repente vi que el encargado de la sonda dejaba su trabajo y se tendía sobre la cubierta sin ni siquiera tomarse la molestia de subir a bordo el palo; continuó, eso sí, sosteniéndolo, de modo que iba dejando una estela en el agua. En ese mismo instante el fogonero, a quien también podía ver por debajo de mí, se sentó bruscamente delante del horno e inclinó la cabeza hacia delante. Me quedé atónito. Tuve que prestar atención al río porque había un obstáculo en el canal. Varillas, pequeñas varillas volaban a montones a mi alrededor: pasaban zumbando ante mis narices, caían delante de mí, chocaban detrás contra la garita del timonel. Durante todo el tiempo, el río, la orilla, el bosque siguieron muy silenciosos, en completo silencio. Lo único que podía oír era el pesado chapoteo de la rueda del vapor y el golpeteo de aquellas cosas. Torpemente, evitamos el obstáculo. ¡Dios mío, flechas! ¡Nos estaban disparando! Me adelanté rápidamente para cerrar la portilla que daba a la orilla. El estúpido del timonel daba saltos levantando las rodillas mientras se agarraba a las cabillas del timón, pisoteaba el suelo y se mordía los labios como un caballo al que sujetan por las riendas. ¡Maldito sea! ¡Y nosotros dando tumbos a tres metros de la orilla! Tuve que asomarme para cerrar la pesada portilla, y al hacerlo vi una cara entre las hojas, a mi misma altura, mirándome fijamente con gran ferocidad. Entonces, como si me hubieran quitado un velo de los ojos, distinguí en lo profundo de la penumbra enmarañada pechos desnudos, brazos, piernas, ojos que brillaban. La maleza bullía de miembros humanos en movimiento, relucientes, del color del bronce. Las flechas salían de entre las ramas que temblaban, se cimbreaban y crujían; después conseguí cerrar la portilla.

»—¡Mantén el rumbo! —le grité al timonel, que tenía la cabeza erguida y la vista al frente, aunque ponía los ojos en blanco y seguía levantando y bajando los pies suavemente; se le veía un poco de espuma en la boca—. ¡Estate quieto! —le chillé furioso.

»Fue como ordenarle a un árbol que dejara de inclinarse ante el viento. Me precipité afuera. Se oía un gran estrépito de pasos sobre la cubierta metálica, debajo de donde yo estaba; exclamaciones confusas, una voz gritó:

»—¿Puede dar la vuelta?

»De pronto, un poco más adelante, vi en el agua unas ondas en forma de V. ¿Qué? ¡Otro obstáculo! Una descarga cerrada estalló bajo mis pies. Los peregrinos habían abierto fuego con sus Winchester y estaban llenando la maleza de plomo. Una humareda de mil demonios llegaba desde abajo y se disipaba muy despacio. La maldije. Ahora ya no podía ver ni el remolino ni el obstáculo. Me quedé, escrutando, en la puerta, mientras caían nubes de flechas. Puede que estuvieran envenenadas, pero por su aspecto no habrían matado ni a una mosca. La espesura empezó a aullar. Nuestros leñadores lanzaron su grito de guerra; el estampido de un rifle justo detrás de mí me ensordeció. Miré por encima del hombro: la cabina del piloto estaba aún llena de humo y de ruido cuando me abalancé sobre el timón. El negro lunático lo había soltado para abrir de par en par la portilla y asomar el Martini-Henry. Estaba de pie, al descubierto, frente a la ventana; le grité que se apartara mientras corregía el rumbo del vapor. Incluso si esa hubiera sido mi intención, no había espacio suficiente para virar; el obstáculo estaba muy cerca, en algún sitio delante de nosotros, detrás de la maldita humareda, y no había tiempo que perder, así que acerqué el barco a la orilla, junto al mismo borde del río, donde sabía que el agua era profunda. Pasamos a todo vapor junto a los arbustos en medio de un remolino de ramas rotas y hojas que revoloteaban. Las descargas cesaron de pronto, tal y como había previsto que ocurriría cuando vaciasen los cargadores. Eché la cabeza atrás al oír un fulgurante zumbido que atravesó la garita: entró por una ventana y salió por la otra. Al mirar hacia el timonel loco que agitaba el rifle descargado y chillaba en dirección a la orilla, vi formas vagas de hombres que corrían agachados, saltaban, se deslizaban, inconfundibles, incompletos, evanescentes. Un objeto de gran tamaño apareció por el aire delante de la ventana, el rifle cayó por la borda y el timonel dio con rapidez un paso atrás, me miró por encima del hombro de un modo extraño, profundo y familiar y cayó a mis pies. Golpeó dos veces la rueda del timón con la cabeza y derribó un pequeño taburete con el extremo de lo que parecía ser un largo bastón. Fue como si después de arrebatarle ese objeto a alguien en la orilla, el esfuerzo le hubiera hecho perder el equilibrio. La fina humareda se había disipado, habíamos sorteado el obstáculo y vi que unos cien metros más adelante ya podría virar y apartar el vapor de la orilla; pero notaba los pies tan tibios y húmedos que no tuve más remedio que mirar hacia abajo. El hombre había caído de espaldas y me miraba fijamente mientras agarraba con ambas manos el bastón. Se trataba del mango de una lanza que le habían arrojado o clavado a través de la ventana y que lo había alcanzado en un costado, justo debajo de las costillas. La hoja, después de producirle una terrible herida, se le había quedado dentro; yo tenía los zapatos empapados; debajo del timón brillaba mansamente un charco de sangre de color rojo oscuro; en sus ojos relucía un extraño resplandor. De nuevo empezó el tiroteo. Me miraba lleno de ansiedad mientras sujetaba la lanza igual que si se tratara de algo muy valioso, como si tuviera miedo de que intentara arrebatársela. Tuve que hacer un esfuerzo para apartar la mirada y atender al timón. A tientas, busqué por encima de mi cabeza el cable del silbato del vapor y empecé a dar tirones, haciendo sonar apresuradamente pitido tras pitido. El estruendo ocasionado por los airados y belicosos chillidos cesó en el acto. A continuación, surgió de las profundidades de la selva un largo y tembloroso lamento, mezcla de la más absoluta desesperación y de un temor melancólico, semejante al que imaginaría uno oír el día que se desvaneciera la última esperanza de la faz de la tierra. En la espesura se produjo una gran conmoción; la lluvia de flechas se detuvo, sonaron algunos disparos aislados y se hizo el silencio; el lánguido golpeteo de la rueda del vapor llegaba claramente a mis oídos. Giré el timón a estribor en el preciso momento en el que aparecía en la puerta, muy agitado y acalorado, el peregrino del pijama rosa.

»—Me envía el director… —comenzó a decir en tono solemne; de pronto se quedó en silencio—. ¡Dios mío! —exclamó mirando al herido.

»Los dos hombres blancos nos quedamos observándolo y su inquisitiva y deslumbrante mirada nos envolvió a ambos. Confieso que me pareció que iba a preguntarnos algo en algún idioma inteligible, pero murió sin emitir el menor sonido, sin mover un solo miembro, sin contraer un músculo. Tan solo en el último momento frunció el ceño, como en respuesta a alguna señal invisible para nosotros, a algún susurro que no podíamos oír, el gesto le proporcionó a su negra máscara mortuoria una expresión sombría, siniestra y amenazadora hasta un punto inconcebible. El resplandor de sus ojos inquisitivos se desvaneció con rapidez en un vidrioso vacío.

»—¿Sabe gobernar el timón? —le pregunté con impaciencia al agente.

»Pareció dudarlo mucho, pero lo agarré del brazo y comprendió a la primera que quería que lo hiciera tanto si era capaz de ello como si no. Para serles sincero, me dominaba una ansiedad morbosa por cambiarme de zapatos y calcetines.

»—Está muerto —murmuró el tipo muy impresionado.

»—No cabe la menor duda —le dije mientras tiraba como loco de los cordones de los zapatos—, y, a propósito, tengo la impresión de que a estas horas también el señor Kurtz debe de estarlo.

»En ese momento era la idea dominante. Cundió una sensación de enorme decepción; fue como si me hubiera dado cuenta de que había estado luchando por conseguir algo que carecía por completo de importancia. No me habría sentido más disgustado si hubiera recorrido todo el camino con el único propósito de conversar con el señor Kurtz. Hablar con…, arrojé un zapato por la borda y me di cuenta de que era exactamente lo que había estado deseando, tener una conversación con Kurtz. Hice el extraño descubrimiento de que en ningún momento le había imaginado haciendo nada, sino tan solo disertando. No me dije a mí mismo: "Ahora ya no lo veré nunca", ni: "Ahora nunca podré estrechar su mano", sino: "Ahora nunca oiré su voz". Ese hombre no era para mí más que una voz. Por supuesto, no quiero dar a entender que no lo relacionara con ninguna clase de actividad. ¿Acaso no me habían dicho en todos los tonos imaginables de la envidia y la admiración que él había reunido, intercambiado, timado o robado más marfil que todos los demás agentes juntos? Esa no era la cuestión. Lo que pasa es que era una persona dotada de muchas cualidades, y de todas sus dotes, la que prevalecía por encima de todas, la que llevaba consigo una sensación de existencia real, era su habilidad para hablar, sus palabras, el don de la expresión oral, el más desconcertante, revelador, exaltado y despreciable, el palpitante torrente de luz o el engañoso flujo que brota del corazón de la más impenetrable oscuridad.

»El otro zapato salió volando hacia aquel río endemoniado. Pensé: "¡Dios mío! Todo ha terminado. Hemos llegado demasiado tarde; ha desaparecido. Una lanzada, un flechazo o un golpe de maza ha terminado con él. Después de todo, nunca oiré hablar a ese tipo". Existía en mi amargura una sorprendente y extraña emoción, incluso parecida a la que había notado en los aullidos de los salvajes de la espesura. En cierto modo, no creo que hubiera sentido una soledad y una desolación así si me hubieran despojado de una creencia o hubiese perdido la motivación para vivir... Pero ¿quién de ustedes suspira de modo tan terrible? ¿Absurdo? Sí, es absurdo. ¡Dios mío! ¿Es que un hombre no debe...? Vamos, denme un poco de tabaco...

Hubo una pausa de un profundo silencio. Después se encendió una cerilla y apareció el enjuto rostro de Marlow, cansado, con las mejillas hundidas, surcado por arrugas que iban de arriba abajo y con los párpados caídos, con aire de estar muy concentrado; y mientras daba vigorosas chupadas a la pipa parecía ir y venir en la noche, iluminado por el rítmico parpadeo de la llamita. La cerilla se apagó.

—¡Absurdo! —gritó—, eso es lo peor de tratar de contarles... Todos ustedes están aquí, cada uno con dos buenos sueldos, como un viejo cascarón desmantelado sujeto por un par de anclas, una carnicería a la vuelta de la esquina, un policía en la otra, un apetito excelente y una temperatura normal…, ¿me oyen?…, normal, del principio al final del año. ¡Y dicen ustedes que es absurdo! Amigos míos, ¡qué se puede esperar de un hombre que, dominado por el más puro nerviosismo, acaba de arrojar por la borda un par de zapatos nuevos! Cuando lo pienso ahora, lo sorprendente es que no me echara a llorar. En conjunto estoy orgulloso de mi entereza. La idea de haber perdido el inestimable privilegio de escuchar a Kurtz, tan lleno de virtudes, me hería en lo más hondo. Por supuesto estaba equivocado. El privilegio me estaba esperando, oh sí, tuve oportunidad de oír más que suficiente. Y al mismo tiempo estaba en lo cierto: una voz, era poco más que una voz. Le oí (a él) y a la voz (su voz), otras voces…, todos eran apenas algo más que voces. El recuerdo de aquel tiempo permanece impalpable a mi alrededor, como el eco mortecino de una inmensa algarabía, absurda, atroz, sórdida, salvaje o sencillamente mezquina y sin el menor sentido. Voces, voces, incluso ahora la propia chica… —Se quedó un buen rato en silencio—. Al final exorcicé el fantasma de su talento con una mentira —empezó a decir de pronto—. ¡La chica! ¿Qué? ¿He mencionado a una chica? ¡Oh! Ella está completamente al margen de todo. Ellas, quiero decir las mujeres, están al margen, deberían estarlo. Debemos ayudarlas a que permanezcan en su propio mundo no vaya a empeorar el nuestro. Había que dejarla al margen. Si hubiesen ustedes oído decir al cuerpo desenterrado de Kurtz: «Mi prometida», habrían percibido de una manera directa hasta qué punto ella estaba al margen. ¡Y el orgulloso hueso frontal del señor Kurtz! Dicen que a veces el pelo continúa creciendo, pero este, ¡hum!, espécimen estaba impresionantemente calvo. La jungla le había pasado la mano por encima de la cabeza y, fíjense bien, era como una bola, como una bola de marfil; una simple caricia y ya está: se había marchitado; la selva lo había cautivado, amado, abrazado, se le había metido en la sangre, había consumido su cuerpo y fundido su alma con la suya mediante las inconcebibles ceremonias de alguna iniciación diabólica. Era su favorito, mimado y malcriado. ¿Marfil? Supongo que sí. Montones, pilas de marfil. La vieja cabaña de barro estaba tan llena que parecía a punto de reventar. Cualquiera hubiera pensado que no quedaba un solo colmillo en todo el país, ni bajo tierra ni en la superficie. «Fósil en su mayor parte», diría el director con desprecio. No era más fósil de lo que pueda serlo yo; pero lo llaman así cuando ha estado enterrado. Parece ser que los negros entierran a veces los colmillos, aunque es evidente que no pudieron enterrar el cargamento a la suficiente profundidad como para salvar al dotado señor Kurtz de su destino. Llenamos el vapor y una gran parte tuvimos que amontonarla en la cubierta. Así pudo verlo y disfrutarlo a placer, ya que el gusto por semejante privilegio le acompañó hasta el final. Tendrían que haberle oído decir: «Mi marfil». Yo le oí: «Mi prometida, mi marfil, mi puesto, mi río, mi…», todo le pertenecía. Aquello me hacía contener la respiración esperando que la selva estallara en una ensordecedora carcajada capaz de mover de su sitio las estrellas fijas. Todo le pertenecía…, pero eso era lo de menos. Lo importante era saber a quién pertenecía él, cuántos poderes de las tinieblas lo reclamaban como suyo. Esa idea era la que te producía escalofríos por todo el cuerpo. Era imposible imaginárselo, y tampoco le hacía a uno ningún bien el intentarlo. Había ocupado literalmente una importante posición entre los demonios de la tierra. Ustedes no lo comprenden. ¿Cómo iban a entenderlo con un suelo firme bajo los pies y rodeados de amables vecinos dispuestos a abrazarlos y aplaudirlos, adelantándose con delicadeza entre el carnicero y el policía e imbuidos de un temor reverencial hacia los escándalos, la horca, los manicomios…? ¿Cómo podrían ustedes imaginar las regiones primigenias a las que pueden llevar a un hombre sus pasos cuando los mueve la soledad, la soledad más completa, sin un solo policía; o el silencio, un silencio absoluto, donde no se oye la voz amiga de un amable vecino hablando suavemente sobre la opinión pública? Son casillas que suponen una enorme diferencia. Cuando desaparecen, tiene uno que echar mano de sus propias fuerzas innatas, de su capacidad para ser fiel a sí mismo. Por supuesto, es posible que se sea demasiado estúpido hasta para malograrse, demasiado tonto incluso para darse cuenta de que las fuerzas de las tinieblas le están asaltando a uno. De eso estoy seguro, ningún necio le vendió jamás su alma al diablo: el necio es demasiado necio o el demonio demasiado demonio, no sé cuál de las dos cosas. También es posible que sea uno una criatura tan elevada como para ser ciego y sordo ante todo lo que no sean visiones y sonidos celestiales. En tal caso, la tierra no es más que un lugar de paso, y si con eso se gana o se pierde, no seré yo quien lo diga. Pero la mayoría de nosotros no somos ni una cosa ni la otra. Para nosotros la tierra es un lugar donde vivir, en el que tenemos que acostumbrarnos a soportar sonidos, imágenes y ¡olores por Dios!, respirar hipopótamo muerto, por así decirlo, y no contaminarnos. Es ahí, ¿es que no se dan cuenta?, donde entran en juego tus fuerzas innatas, la fe en tu habilidad para excavar discretos agujeros en los que enterrar todo eso, tu capacidad de dedicarte con tesón, no a ti mismo, sino a una oscura y fatigosa tarea. Solo eso ya es bastante difícil. Les aseguro que no intento disculparle, ni tan siquiera…, solo intento ponerme en el lugar de…, del señor Kurtz, de la sombra del señor Kurtz. Aquel fantasma surgido tras los confines de la nada me honró con su asombrosa confianza antes de desvanecerse por completo. Y lo hizo porque conmigo podía hablar en inglés, el Kurtz original había sido educado en parte en Inglaterra y, como él mismo tenía el valor de reconocer, sus simpatías estaban del lado correcto. Su madre era medio inglesa y su padre medio francés. Toda Europa contribuyó a crear a Kurtz. Más tarde supe que la Sociedad para la Supresión de las Costumbres Salvajes le había confiado, con gran acierto, la elaboración de un informe que les serviría de guía en el futuro. Y él lo escribió. Lo he visto. Lo he leído. Estaba lleno de vibrante elocuencia, aunque en mi opinión había en él demasiada crispación. ¡Encontró tiempo para escribir diecisiete apretadas páginas! Pero aquello debió de ser, digamos, antes de que le fallaran los nervios y le llevaran a presidir, a medianoche, ciertas ceremonias que culminaban en horrorosos rituales y que, por lo que a duras penas pude deducir de lo que oí en varias ocasiones, se celebraban en su honor…, ¿comprenden lo que les digo?…, en honor del propio señor Kurtz. Era una hermosa obra. Aunque ahora el primer párrafo, cuando lo veo a la luz de revelaciones posteriores, me parece siniestro. Empezaba argumentando que, dado el grado de desarrollo que nosotros los blancos habíamos alcanzado, «debe de parecerles [a los salvajes] que nuestra naturaleza es de índole sobrenatural, nos acercamos a ellos revestidos de los poderes de un Dios», y así continuaba…, «mediante el simple ejercicio de nuestra voluntad podemos disponer de un poder prácticamente ilimitado y orientado a la consecución del bien», etcétera, etcétera. A partir de ese punto, el tono se elevaba y me vi arrastrado por él. El discurso era magnífico, aunque difícil de recordar. Hizo que imaginara una exótica Inmensidad gobernada por una Augusta Benevolencia y que me estremeciera entusiasmado. Era el poder ilimitado de la elocuencia, de las palabras, de las nobles y ardientes palabras. No había ninguna indicación práctica que interrumpiera el mágico torrente de frases, a no ser que una especie de nota al pie de la última página, evidentemente garrapateada con mano insegura mucho más tarde, pudiera considerarse la explicación de un método. Era muy sencilla y, después de aquella llamada a todo tipo de sentimientos altruista, brillaba ante uno como un relámpago en un cielo sin nubes: «Exterminar a todos los salvajes». Lo curioso es que parecía haber olvidado por completo la existencia de aquella valiosa posdata, porque más tarde, cuando en cierto modo volvió en sí, me rogó encarecidamente que pusiera «Mi panfleto» (así lo llamaba) a buen recaudo, ya que estaba seguro de que, en el futuro, tendría una gran influencia en su carrera. Dispuse de mucha información sobre todo aquello, y además resultó que fui yo el encargado de conservar vivo su recuerdo. He hecho ya lo suficiente como para tener el derecho indiscutible de dejarlo descansar eternamente en el cubo de la basura del progreso, junto con todos los desechos y todos los cadáveres que la civilización guarda en el armario, si ese fuera mi deseo. Pero ya ven, no tengo elección. No debe ser olvidado. Fuese lo que fuese, era alguien fuera de lo común. Tenía el poder de hechizar o atemorizar a los seres más primitivos para que bailaran una danza mágica y macabra en su honor; también fue capaz de llenar de amargos recelos las míseras almas de los peregrinos. Tuvo al menos un amigo devoto y conquistó un alma en este mundo que ni era primitiva ni estaba corrompida por el egoísmo. No, no puedo olvidarlo, aunque tampoco puedo afirmar que mereciera la pena perder una vida por llegar hasta él. Echaba terriblemente de menos a mi timonel, le echaba de menos incluso cuando su cuerpo yacía aún en la garita. Puede que les extrañe a ustedes tanto pesar por un salvaje sin más importancia que un grano de arena en un Sáhara negro. Pero ¿es que no lo ven?, él había hecho algo, había gobernado el timón, durante meses lo tuve a mi espalda, una ayuda, un instrumento. Existía una especie de camaradería. Llevaba el timón para mí, yo tenía que cuidar de él, sus fallos me preocupaban. Así se había creado un frágil vínculo de cuya existencia no me di cuenta hasta que, repentinamente, se quebró. La íntima hondura de la mirada que me echó cuando resultó herido ha quedado grabada hasta hoy en mi memoria como la reivindicación de un lejano parentesco hecha en un momento supremo.

»¡Pobre loco! Solo con que no hubiera tocado la portilla… No tenía freno, exactamente igual que Kurtz, era como un árbol movido por el viento. En cuanto me calcé un par de zapatillas secas lo llevé a rastras afuera, aunque antes le saqué la lanza del costado, operación que confieso que realicé con los ojos cerrados. Los talones saltaron a la vez el pequeño escalón de la puerta, sus hombros me oprimían el pecho, lo abrazaba desesperadamente desde atrás. ¡Pesaba mucho!, ¡mucho!; creo que pensé que se trataba del hombre más pesado de la tierra. Después, sin más contemplaciones, lo arrojé por la borda. La corriente se lo llevó como si fuera una brizna de hierba, vi cómo el cuerpo daba un par de vueltas antes de desaparecer para siempre de mi vista. Todos los peregrinos y el director se habían congregado en la toldilla de cubierta junto a la cabina del timonel y parloteaban unos con otros como una bandada de urracas alborotadas; mi inhumana diligencia hizo que se levantara un murmullo escandalizado. No alcanzo a comprender para qué querían tener el cuerpo dando tumbos por ahí. Tal vez pretendieran embalsamarlo. Oí también otro rumor, mucho más amenazador, procedente de la cubierta de abajo. Mis amigos los leñadores también se habían escandalizado, y con mayor razón. Aunque debo reconocer que la razón en sí misma era bastante inadmisible. ¡Sí, bastante! Yo había decidido que si alguien había de comerse a mi difunto timonel, solo los peces lo harían. En vida no había sido más que un timonel de segunda categoría, pero ahora estaba muerto y podía convertirse en una tentación de primera clase y ser la causa de alarmantes complicaciones. Además, estaba deseando ponerme al timón, pues el hombre del pijama rosa había resultado ser un perfecto zoquete.

»Fue lo que hice en cuanto terminó el sencillo funeral. Nos movíamos a media velocidad, manteniéndonos en mitad de la corriente, y me puse a escuchar lo que decían de mí. Habían dejado de hablar de Kurtz y del puesto; Kurtz estaba muerto, el puesto había sido incendiado, etcétera, etcétera. El peregrino pelirrojo estaba fuera de sí con la idea de que al menos el pobre Kurtz había sido debidamente vengado.

»—¡Caramba! Debemos de haber hecho una magnífica matanza en la espesura. ¿Eh? ¿No cree? ¿Eh?

»El pequeño peregrino pelirrojo bailaba literalmente sediento de sangre. ¡Y eso que había estado a punto de desmayarse cuando vio al herido! No pude evitar decirle:

»—Al menos han producido una magnífica humareda.

»Yo había visto, por el modo en el que crujían y saltaban por los aires las copas de los arbustos, que la mayor parte de los disparos habían ido demasiado alto. Es imposible hacer blanco a menos que uno apunte y dispare apoyando el arma en el hombro, pero aquellos tipos disparaban apoyándola en la cadera y cerrando los ojos. Yo sostenía, y con razón, que la retirada había sido ocasionada por los pitidos del silbato del vapor. Al oír aquello, se olvidaron de Kurtz y empezaron a desgañitarse aullando protestas indignadas.

»El director estaba junto al timón murmurando confidencialmente que, en cualquier caso, era necesario alejarse río abajo todo lo posible antes de que oscureciese, cuando a cierta distancia en la orilla del río vi un claro y el contorno de una especie de edificio.

»—¿Qué es eso? —pregunté.

»Él aplaudió lleno de asombro.

»—¡El puesto! —gritó.

»En el acto, acerqué el vapor a la orilla, avanzando todavía a media velocidad.

»A través del catalejo vi la ladera de una colina completamente libre de maleza y con algunos árboles extraños desperdigados por ella. En la cima había un gran edificio en ruinas medio tapado por la hierba; desde lejos se veían los negros boquetes del tejado puntiagudo, la jungla y el bosque hacían las veces de decorado. No aparecía ni cercado ni valla de ninguna clase, pero al parecer había habido una, ya que cerca de la casa quedaban media docena de postes delgados colocados en fila, labrados toscamente, cuyos extremos estaban adornados con bolas talladas. Las tablas que debían ir de poste a poste habían desaparecido. Por supuesto la selva lo rodeaba todo. La orilla del río estaba despejada y, junto al agua, vi a un hombre blanco con un sombrero que parecía una rueda de carro haciéndonos señas incesantemente con el brazo. Al examinar el lindero del bosque de arriba abajo me pareció, casi con seguridad, ver movimientos, formas humanas deslizándose aquí y allá. Pasamos prudentemente de largo, mandé parar las máquinas y dejé que la corriente arrastrara el vapor río abajo. El hombre de la orilla empezó a gritar animándonos a desembarcar.

»—Nos han atacado —gritó el director.

»—Lo sé, lo sé, no pasa nada —contestó el otro, chillando tan animado como puedan imaginarse—. Vengan, todo va bien. No saben cuánto me alegro.

»Su aspecto me recordaba algo que ya había visto antes, algo gracioso que había visto en algún sitio. Mientras maniobraba para atracar el vapor me preguntaba a mí mismo: "¿Qué es lo que me recuerda ese tipo?". De pronto me di cuenta. Parecía un arlequín. Sus ropas eran de no sé qué material, probablemente un tejido basto de lino, pero estaban cubiertas de remiendos por todas partes, remiendos de vivos colores: azul, rojo y amarillo, remiendos en la espalda, remiendos en la pechera, remiendos en los codos, en las rodillas; una tira de colores alrededor de la chaqueta, ribetes morados en la pernera del pantalón. La luz del sol le daba un aspecto extraordinariamente alegre y a la vez maravillosamente acicalado, ya que se notaba el esmero con que habían sido cosidos todos los remiendos. Su rostro lampiño, de aspecto infantil, resultaba muy agradable, sin rasgos que llamaran la atención: ojillos azules, la nariz pelada. Las sonrisas y las expresiones ceñudas se sucedían en su cándido semblante como el sol y la sombra en una llanura barrida por el viento.

»—¡Tenga cuidado, capitán! —gritó—, desde la noche pasada hay un tronco oculto por ahí.

»¡Qué! ¿Otro tronco? Confieso que blasfemé de un modo vergonzoso: como colofón al encantador viajecito había estado a punto de agujerear el tullido vapor. El arlequín de la orilla volvió su chata nariz hacia mí.

»—¿Es usted inglés? —preguntó deshaciéndose en sonrisas.

»—¿Lo es usted? —grité desde el timón.

»La sonrisa desapareció y movió la cabeza como lamentando mi decepción. Después se animó otra vez.

»—¡No se preocupe! —gritó dándome aliento.

»—¿Llegamos a tiempo? —pregunté.

»—Está ahí arriba —contestó, señalando con un movimiento de cabeza hacia la colina y adoptando de pronto un aspecto sombrío. Su rostro era como el cielo en otoño, encapotado un momento y despejado el siguiente.

»Cuando el director, escoltado por los peregrinos, todos ellos armados hasta los dientes, se fue hacia la casa, el tipo subió a bordo.

»—Oiga, esto no me gusta. Esos salvajes siguen en la espesura —le dije.

»Me aseguró con la mayor seriedad que todo estaba en orden.

»—Son gente sencilla —añadió—, bueno, me alegro de que hayan venido. Me ha costado mucho tiempo alejarlos.

»—¡Pero si acaba de decirme que no pasa nada! —le espeté.

»—Oh, no pretendían hacerles daño —dijo, y como me quedé mirándolo atónito, se corrigió—; bueno, no exactamente. —Después añadió animado—: ¡Madre mía, la cabina del timonel necesita una buena limpieza! —Acto seguido me aconsejó que mantuviera la suficiente presión en la caldera como para utilizar el silbato en caso de que hubiera algún problema—. Un buen pitido les será a ustedes de más utilidad que todos sus rifles. Son gente sencilla —repitió.

»Charlaba incansablemente y a una velocidad tal que me hacía sentir algo abrumado. Daba la impresión de que quisiera recuperar el tiempo perdido después de haber pasado muchos días en silencio, y de hecho insinuó que eso era lo que le ocurría.

»—¿No habla usted con el señor Kurtz? —le dije.

»—No se habla con ese hombre, se le escucha —exclamó muy alterado—. Pero ahora...

»Hizo un gesto con el brazo y en un abrir y cerrar de ojos se encontró sumido en el más profundo desaliento. En un instante se rehízo, se puso en pie de un salto, se apoderó de mis manos y me las estrechó mientras decía atropelladamente:

»—Un marino hermano... honor... placer... encantado... presentarme... ruso... hijo de un arcipreste... Gobierno de Tambov... ¿Qué? ¡Tabaco! ¡Tabaco inglés, el estupendo tabaco inglés! Eso es compañerismo. ¿Fumar? ¿Dónde se ha visto un marino que no fume?

»La pipa lo calmó y poco a poco fui sabiendo que se había escapado de un colegio, se había hecho a la mar en un barco ruso, se había vuelto a escapar, y durante un tiempo sirvió bajo bandera inglesa, insistió mucho en que ahora se había reconciliado con el arcipreste.

»—Pero cuando uno es joven debe ver mundo, adquirir experiencia, ideas, ampliar horizontes.

»—¡Aquí! —lo interrumpí.

»—¡Nunca se sabe!, aquí encontré al señor Kurtz —dijo juvenil, lleno de solemnidad y de reproche.

»Después, procuré no volver a interrumpirlo.

»Parece que había persuadido a una casa comercial holandesa de la costa para que lo pertrecharan con víveres y mercancías y se había encaminado despreocupadamente hacia el interior sin tener más idea que un niño de lo que pudiera sucederle. Había vagabundeado durante casi dos años por el río, aislado de todo y de todos.

»—No soy tan joven como parezco, tengo veinticinco años —me dijo—. Al principio el viejo Van Shuyten me mandó al diablo —narraba con gran delectación—, pero me pegué a él y le hablé y le hablé; al final le entró miedo de que pudiera seguir hablando hasta el día del juicio final, así que me dio unas baratijas, unas pocas armas y me dijo que esperaba no volver a ver mi cara en su vida. El bueno de Van Shuyten, ese viejo holandés, hace un año le envié un pequeño cargamento de marfil para que no pueda llamarme ladronzuelo cuando vuelva. Espero que lo recibiera. De lo demás no me preocupo. Dejé algo de leña apilada para ustedes en mi antigua casa. ¿La encontraron?

»Le di el libro de Towson. Hizo ademán de besarme pero se contuvo.

»—El único libro que me quedaba, pensé que lo había perdido —dijo mirándolo extasiado—. Ya se sabe, cuando viaja uno solo ocurren tantos accidentes, unas veces se agujerean las canoas, otras hay que salir pitando cuando la gente se enfada. —Pasó las hojas con el pulgar.

»—¿Hacía usted anotaciones en ruso? —le pregunté. Él asintió con la cabeza—. Pensé que estaban escritas en clave —le dije.

»Se rió, después se puso serio y dijo:

»—Me costó mucho alejar a esa gente.

»—¿Querían matarlo? —le pregunté.

»— ¡Oh, no! —gritó y se detuvo.

»—¿Por qué nos atacaron? —continué.

»Dudó un poco y dijo con aire avergonzado:

»—No quieren que él se vaya.

»—¿Ah, no? —inquirí con curiosidad.

»Cabeceó asintiendo lleno de misterio y prudencia.

»—Ya se lo he dicho —gritó—, ese hombre ha ampliado mis horizontes.

»Abrió los brazos y se me quedó mirando fijamente con sus ojillos azules, que eran perfectamente redondos.

3

—Lo miré sin salir de mi asombro. Ahí estaba, con su traje de colores, como si acabara de fugarse de una compañía de mimos, fabuloso y lleno de entusiasmo. Su mera existencia era inexplicable, poco probable y por completo desconcertante. Un problema sin solución. Era inconcebible que hubiera sobrevivido, que se las hubiera arreglado para llegar tan lejos, que hubiese conseguido seguir allí... Que no desapareciera inmediatamente.

»—Fui un poco más lejos —decía—, después un poco más... Hasta que estuve tan lejos que ya no sé si volveré algún día. No importa. Me sobra tiempo. Ya me las arreglaré. Háganme caso y llévense a Kurtz de aquí, deprisa, deprisa.

»El hechizo de la juventud envolvía sus harapos multicolores, su indigencia, su soledad, la permanente desolación de sus inútiles vagabundeos. Durante meses, durante años, nadie habría dado un centavo por su pellejo, y ahí estaba, valeroso, inconsciente y con vida. Indestructible, a juzgar por las apariencias, en virtud tan solo de sus pocos años y su audacia irreflexiva. Me produjo una sensación parecida a la admiración, a la envidia. Aquel hechizo era lo que le hacía seguir adelante, lo que lo mantenía ileso. Solo le pedía a la selva espacio para respirar y seguir su camino. Lo único que necesitaba era vivir y seguir hacia delante con el máximo de riesgos y privaciones posible. Si alguna vez hubo un ser humano gobernado por el más desinteresado, puro y despreocupado espíritu de aventura, sin duda fue aquel muchacho cubierto de remiendos. Casi llegué a envidiarle la posesión de esa llama limpia y modesta. Parecía haber consumido en él todo pensamiento egoísta hasta tal punto que, incluso cuando te estaba hablando, olvidabas que era él, el hombre que estaba ante tus ojos, quien había pasado por todo aquello. Sin embargo, no le envidiaba su devoción por Kurtz. No había meditado sobre eso. Se había encontrado con ella y la había aceptado con una especie de fatalismo vehemente. Debo decir que a mí me parecía con mucho lo más peligroso con lo que se había tropezado hasta entonces.

»Era inevitable que acabaran por encontrarse, igual que se abarloan dos barcos en un mar en calma. Supongo que Kurtz necesitaba un auditorio porque, en cierta ocasión en la que estaban acampados en la selva, habían estado hablando o, lo que es más probable, Kurtz se había pasado la noche hablando.

»—Hablamos de todo —dijo como extasiado por el recuerdo—. Me olvidé hasta de dormir. La noche pareció durar menos de una hora. ¡De todo! ¡De todo…!, también del amor.

»—¡Ah, le habló a usted del amor! —le dije bastante divertido.

»—No es lo que usted cree —gritó casi con pasión—. Fue en general. Me hizo ver cosas…, cosas.

»Levantó los brazos. En ese momento estábamos en cubierta y el jefe de mis leñadores, que holgazaneaba por allí, volvió hacia él sus ojos duros y brillantes. Miré alrededor, y no sé por qué, pero les aseguro que nunca, nunca antes la tierra, el río, la selva, la mismísima bóveda del cielo abrasador, me habían parecido tan desesperanzados y tan sombríos, tan impenetrables para el pensamiento humano, tan implacables con las flaquezas de los hombres. Le dije:

»—Por supuesto, desde entonces siempre ha estado usted con él…

»Al contrario, parece que su relación se había interrumpido varias veces por diversos motivos. Se las había arreglado, tal y como me informó lleno de orgullo, para cuidar a Kurtz en dos ocasiones en las que estuvo enfermo (aludía a ello como ustedes lo harían al referirse a una peligrosa hazaña). Pero por norma Kurtz vagabundeaba solo, lejos, en lo profundo de la selva.

»—En muchas ocasiones, al llegar al puesto, tenía que esperar días y días a que apareciera. ¡Ah, valía la pena esperar!, a veces…

»—¿Qué es lo que hacía? ¿Explorar o qué? —le pregunté.

»—Oh, sí, por supuesto.

»Había descubierto muchos pueblos y también un lago, no sabía exactamente en qué dirección; era peligroso preguntar demasiado, aunque la mayoría de las expediciones habían sido en busca de marfil.

»—¡Pero en aquel tiempo carecía de mercancías con las que comerciar! —objeté.

»—Incluso ahora quedan un buen montón de cartuchos —contestó apartando la mirada.

»—Hablando claro, se dedicaba a asolar la región —le dije. Asintió con la cabeza—. ¡No lo haría él solo, supongo! —Murmuró algo acerca de los pueblos que había alrededor del lago—. Kurtz se las arregló para que la tribu lo acompañara, ¿no es eso? —le pregunté.

»Se azoró un poco.

»—Ellos lo adoraban —dijo. El tono de aquellas palabras era tan extraño que lo miré con aire inquisitivo. Era curioso observar aquella mezcla suya de desgana e impaciencia por hablar de Kurtz. Ese hombre llenaba su vida, ocupaba sus pensamientos, dominaba sus emociones—. ¿Qué esperaba usted? —estalló—, llegó aquí con el trueno y el rayo, ¿sabe? Ellos nunca habían visto nada semejante…, ni tan terrible. Él podía ser terrible. No se puede juzgar al señor Kurtz como se juzgaría a un hombre cualquiera. ¡No, no, no! Mire, solo para que se haga una idea, no me importa decírselo, un día quiso pegarme un tiro a mí también, pero no soy quién para juzgarle.

»—¡Pegarle un tiro! —grité—. ¿Por qué?

»—Por nada, yo tenía un pequeño lote de marfil que me había dado el jefe de un poblado vecino. De vez en cuando cazaba para ellos, ¿sabe? El caso es que él lo quería y no estaba dispuesto a atender a razones. Afirmó que me mataría, a menos que se lo diera y me largara de la región, pues nada en la tierra le impediría matarme cuando le viniera en gana. ¡Y tenía mucha razón! Le di el marfil. ¡Qué podía importarme! Pero no me largué. No, no podía dejarlo. Por supuesto, tuve que andarme con cuidado, hasta que volvimos a ser amigos por algún tiempo. Durante su recaída. Después tuve que quitarme de en medio. Pero no me importaba. Él vivía la mayor parte del tiempo en aquellos pueblos junto al lago. Cuando volvía al río, unas veces me trataba bien, otras tenía que tomar precauciones. El hombre sufría demasiado. Odiaba todo esto, pero por alguna razón no podía dejarlo. Cuando tenía ocasión, le rogaba que intentara marcharse mientras estuviese a tiempo; me ofrecí a regresar con él. Me decía que sí, pero después se quedaba, salía otra vez en busca de marfil, desaparecía durante semanas, se olvidaba de sí mismo entre aquella gente…, se olvidaba de sí mismo, ¿sabe?

»—¡Qué! Está loco —le dije.

»Protestó indignado. El señor Kurtz no podía estar loco. Si le hubiera oído hablar un par de días antes, no se me ocurriría insinuar una cosa así… Mientras hablábamos, yo había empuñado mis prismáticos y estaba mirando hacia la orilla, recorriendo con la vista el lindero del bosque a cada lado y por detrás de la casa. La conciencia de que había seres humanos en aquella espesura, tan tranquila y silenciosa, tan silenciosa y tranquila como la casa en ruinas de la colina, me desasosegaba. En la faz de la naturaleza no quedaba ni rastro de la asombrosa historia que, más que narrada, estaba siendo evocada ante mí por medio de exclamaciones desoladas y encogimientos de hombros, de frases interrumpidas, de insinuaciones que acababan en profundos suspiros. El bosque estaba imperturbable como una máscara, opresivo como la puerta cerrada de una cárcel, observaba con ese aire suyo de misterioso discernimiento, de paciente espera, de inabordable silencio. El ruso me estaba explicando que hacía poco tiempo que Kurtz había venido hasta el río acompañado por todos los guerreros de la tribu del lago. Había estado ausente varios meses, supongo que estaría haciéndose adorar, y había llegado inesperadamente para llevar a cabo, según todos los indicios, una incursión aguas abajo o al otro lado del río. Evidentemente, sus ansias por conseguir más marfil habían acabado con…, ¿cómo podría decirlo?…, sus aspiraciones menos materiales. Sin embargo, se puso de pronto mucho peor.

»—Oí decir que estaba postrado y desvalido, así que me arriesgué y vine hasta aquí —dijo el ruso—. ¡Oh, está mal, muy mal!

»Dirigí el catalejo hacia la casa. No había señales de vida, pero allí estaban el tejado en ruinas y la larga pared de barro asomando por encima de la hierba, con tres pequeños ventanucos cuadrados de distintos tamaños; todo como si estuviera al alcance de mi mano. Entonces hice un movimiento brusco y uno de los postes que quedaban del desaparecido cercado se metió en el campo de visión de mi catalejo. Recordarán que les dije que, desde lejos, me habían impresionado ciertos intentos de ornamentación bastante notables dado el aspecto ruinoso del lugar. Ahora, de pronto, pude verlo más de cerca y mi primera reacción fue echar la cabeza hacia atrás como si me hubieran golpeado. Después, fui muy despacio de poste a poste con los prismáticos y me di cuenta de mi error. Los pomos redondeados no eran ornamentales sino simbólicos, expresivos y enigmáticos, sorprendentes y perturbadores, alimento para el pensamiento y para los buitres, si hubiera habido alguno mirando desde el cielo. Y desde luego también para cualquier hormiga que fuera lo bastante laboriosa como para trepar por el poste. Las cabezas de las estacas habrían tenido un aspecto aún más impresionante si no hubieran estado con la cara vuelta hacia la casa. Solo una, la primera que acerté a distinguir, miraba hacia donde yo estaba. No me sobresalté tanto como pudieran pensar, el movimiento hacia atrás que hice no fue más que un movimiento de sorpresa, yo esperaba ver un pomo de madera, ya me entienden. Volví deliberadamente a mirar la primera que había visto, ahí estaba, negra, seca, hundida, con los párpados caídos. Una cabeza que parecía dormir en lo alto del poste y además sonreía, con los labios encogidos y secos que dejaban ver una blanca y estrecha fila de dientes, sonreía continuamente en mitad de algún alegre e interminable sueño, en un eterno descanso.

»No estoy desvelando ningún secreto comercial. De hecho, el director dijo más tarde que los métodos del señor Kurtz habían arruinado la comarca. No tengo formada una opinión sobre eso, pero lo que quiero que comprendan con claridad es que el que aquellas cabezas estuvieran allí no era algo precisamente provechoso. Tan solo demostraban que el señor Kurtz carecía de freno a la hora de satisfacer sus diversos apetitos, que estaba falto de algo, de algún pequeño detalle, que se echaba de menos cuando aparecían esos impulsos que lo acuciaban. No sé si él era consciente o no de ese defecto. Creo que tan solo llegó a darse cuenta al final, en el último momento. Pero la selva lo comprendió antes y se había cobrado una venganza terrible por tan fantástica invasión. Creo que le susurró cosas sobre sí mismo que desconocía, cosas que no había siquiera imaginado hasta que empezó a atender a los consejos de aquella enorme soledad. El susurro había resultado ser irresistiblemente fascinador. Resonó con fuerza en su interior porque por dentro estaba hueco… Bajé los prismáticos, y la cabeza, que me había parecido tener lo bastante cerca como para poder hablar con ella, pareció alejarse súbitamente de mí, de un salto, a una distancia inaccesible.

»El admirador del señor Kurtz estaba un poco cabizbajo. Me aseguró con voz apresurada y confusa que no se había atrevido a quitar aquellos, digamos, símbolos. No es que tuviera miedo de los salvajes, ellos no se atreverían a hacer un solo movimiento sin que Kurtz se lo ordenara. Su influencia sobre ellos era extraordinaria. Los campamentos de aquella gente rodeaban el lugar y los jefes venían a verlo a diario. Se arrastraban…

»—No quiero saber nada acerca de las ceremonias que usan para acercarse al señor Kurtz —grité.

»Es curioso cómo me invadió la sensación de que ese tipo de detalles serían mucho más insoportables que las cabezas secándose en las estacas bajo las ventanas del señor Kurtz. Después de todo, aquella era tan solo una visión salvaje y yo parecía haber sido transportado de golpe a una oscura región de horrores misteriosos en la que el salvajismo en estado puro, sin más complicaciones, constituía un verdadero alivio, ya que era algo con un evidente derecho a existir sobre la faz de la tierra. El joven me miró sorprendido. Supongo que no se le pasó por la cabeza que para mí el señor Kurtz no era ningún ídolo. Olvidaba que yo no había oído ninguno de esos espléndidos monólogos sobre, ¿qué era?, el amor, la justicia, el modo de conducirse en la vida o lo que fuese. Si había habido que arrastrarse ante el señor Kurtz, él se había arrastrado tanto como el más salvaje de todos ellos. Dijo que yo no tenía ni la menor idea de las circunstancias: esas cabezas eran cabezas de rebeldes. Mis risas lo indignaron mucho. ¡Rebeldes! ¿Cuál sería la próxima definición que oiría? Habían sido enemigos, criminales, trabajadores… Y estos eran rebeldes. Las díscolas cabezas me parecieron muy sumisas en sus estacas.

»—Usted ignora a qué clase de pruebas somete una vida semejante a un hombre como Kurtz —gritó el último discípulo de Kurtz.

»—Bueno, ¿y usted? —le pregunté.

»—¡Yo! ¡Yo!, yo soy un hombre sencillo. No tengo grandes ideas. No quiero nada de nadie. ¿Cómo puede compararme con…? —Estaba demasiado emocionado para hablar, y de pronto se vino abajo—. No lo comprendo —gimió—, he hecho todo lo que he podido para mantenerlo con vida, y eso basta. No tengo nada que ver. No tengo talento. Durante meses no hemos tenido ni una gota de medicina ni un bocado de comida decente. Lo abandonaron vergonzosamente. A un hombre así, con sus ideas. ¡Vergonzosamente! ¡Vergonzosamente!, yo…, yo…, llevo diez noches sin dormir.

»Su voz se perdió en la calma del atardecer. Las largas sombras del bosque se habían deslizado colina abajo mientras hablábamos. Habían ido más allá de la casucha en ruinas, más allá de la simbólica hilera de estacas. Todo estaba en penumbra salvo nosotros, que seguíamos allí abajo, a la luz del sol, y el tramo de río que había enfrente del claro, que relucía con un tranquilo y deslumbrante resplandor entre dos recodos tenebrosos cubiertos por la penumbra. No se veía ni un alma en la orilla. En los arbustos no se movía una hoja.

»De pronto, de detrás de una esquina de la casa, apareció un grupo de hombres como si hubieran brotado del suelo. Vadearon el mar de hierba hundidos hasta la cintura formando un grupo compacto y llevando en el medio una camilla improvisada. En ese mismo instante se alzó un grito en la soledad del paisaje, cuya estridencia traspasó el aire inmóvil igual que una flecha puntiaguda que volara en línea recta hacia el mismísimo corazón de la tierra. Como por ensalmo, el bosque sombrío y pensativo vertió en el claro un torrente de seres humanos, de seres humanos desnudos, con lanzas en la mano, con arcos, con escudos, de mirada feroz y salvajes movimientos. Los arbustos temblaron, la hierba se cimbreó durante un rato y después todo quedó en calma, sumido en una expectante inmovilidad.

»—Bueno, si él no les dice las palabras adecuadas, estamos todos perdidos —soltó el ruso junto a mi hombro.

El grupo de hombres que llevaba la camilla también se había detenido, como petrificado, a mitad de camino del vapor. Vi cómo el hombre de la camilla se incorporaba, alto y enjuto, con un brazo levantado, por encima de los hombros de los porteadores.

»—Esperemos que el hombre que es capaz de hablar tan bien sobre el amor en general encuentre ahora alguna razón particular para salvarnos —dije.

»Me irritaba terriblemente el absurdo peligro de nuestra situación, como si estar a merced de aquel feroz fantasma hubiera sido una necesidad deshonrosa. No podía oír ni una palabra, pero a través de los prismáticos vi su brazo delgado extendido imperiosamente, vi cómo se le movía la mandíbula inferior, los ojos de aquel espectro brillaban lúgubres hundidos en la cabeza huesuda, que se movía con grotescas sacudidas. Kurtz..., Kurtz..., eso significa "corto" en alemán, ¿no es así? Pues bien, el nombre era tan cierto como todos los demás hechos de su vida... y de su muerte. Parecía medir más de dos metros, la manta que lo cubría se había caído y su cuerpo emergía de ella, espantoso y lastimero, como de una mortaja. Pude ver cómo se movían todas las costillas de su caja torácica, cómo se balanceaban los huesos de su brazo. Fue como si una imagen animada de la muerte, tallada en marfil antiguo, hubiera estado agitando amenazadoramente los brazos ante una multitud de hombres hechos de bronce oscuro y reluciente. Le vi abrir mucho la boca, lo que le daba un aspecto extrañamente voraz, como si quisiera tragarse todo el aire, toda la tierra, todos los hombres que tenía delante. Una voz profunda llegó débilmente hasta mí. Debía de estar gritando. De repente, cayó hacia atrás. La camilla experimentó una sacudida cuando los porteadores se tambalearon de nuevo hacia delante; casi al mismo tiempo, me di cuenta de que la masa de salvajes se estaba desvaneciendo sin que fuera perceptible ningún movimiento de retirada, como si el bosque que había arrojado tan inesperadamente a aquellos seres estuviera recogiéndolos de nuevo, igual que se toma aliento con una larga inspiración.

»Algunos de los peregrinos que iban detrás de la camilla llevaban sus armas, dos escopetas, un pesado fusil y una carabina ligera de repetición, los rayos de aquel lastimero Júpiter. El director se inclinaba sobre él, murmurando, mientras caminaba a su misma altura. Lo acostaron en una de las casetas; solo había sitio para un lecho y un par de taburetes, ya saben. Le habíamos llevado su correspondencia atrasada y un montón de sobres rasgados y de cartas abiertas estaban esparcidos sobre la cama. Su mano recorría débilmente aquellos papeles. Me impresionaron mucho el fuego de sus ojos y la serena languidez de su expresión. No se trataba del agotamiento que produce la enfermedad. No parecía estar sufriendo. Aquel espectro parecía tranquilo y satisfecho, como si de momento todos sus apetitos estuvieran saciados.

»Agitó una de las cartas y dijo, mirándome fijamente a la cara:

»—Me alegro.

»Alguien le había escrito acerca de mí. Otra vez hacían su aparición las recomendaciones especiales. El volumen y el tono de su voz, que emitía sin esfuerzo aparente, casi sin preocuparse de mover los labios, me maravillaron. ¡Una voz!, ¡una voz!, grave, profunda, vibrante, y eso que el hombre parecía incapaz de emitir un solo susurro. Sea como fuere, tenía fuerzas suficientes, aunque sin duda fingidas, para estar a punto de acabar con nosotros, como oirán ahora.

»El director apareció silenciosamente en el umbral, yo salí en el acto, y él entró y corrió la cortina detrás de mí. El ruso, observado con curiosidad por los peregrinos, miraba fijamente hacia la orilla. Seguí la dirección de su mirada.

»A lo lejos, podían distinguirse oscuras formas humanas que entraban y salían subrepticiamente del lúgubre lindero del bosque y, cerca del río, había dos figuras de bronce apoyadas en altas lanzas bajo la luz del sol y con fantásticos tocados de pieles moteadas sobre la cabeza. Tenían aspecto de guerreros, pero observaban un reposo estatuario. De derecha a izquierda, a lo largo de la orilla iluminada, se movía una mujer salvaje y espléndida como una aparición.

»Andaba dando pasos rítmicos, envuelta en telas rayadas y ribeteadas, pisando la tierra con orgullo, con el ligero tintineo y los reflejos de sus bárbaros adornos. Llevaba la cabeza erguida y el pelo peinado en forma de casco, polainas de latón hasta la rodilla, guanteletes de latón hasta el codo, un lunar carmesí en la tostada mejilla e innumerables collares con cuentas de cristal al cuello; objetos extraños, amuletos, ofrendas de los hechiceros, pendían por doquier, brillaban y temblaban a cada paso. Debía de llevar encima el valor de varios colmillos de elefante. Salvaje y soberbia, con ojos feroces, magnífica, había algo majestuoso y amenazador en su andar pausado. Sumida en el silencio que había caído de pronto sobre la tierra afligida, la inmensa selva, esa masa colosal de vida fecunda y misteriosa, parecía observarla pensativa como si estuviera mirando la imagen tenebrosa y apasionada de su propia alma.

»Llegó a la altura del costado del vapor y se quedó, inmóvil, haciéndonos frente. Su larga sombra llegaba hasta el borde del agua. Su rostro tenía un feroz y trágico aspecto en el que se mezclaban un enorme pesar y un sordo dolor con el temor hacia alguna decisión a medio formular que luchaba por abrirse paso. Se quedó mirándonos sin hacer un solo movimiento, semejante a la propia jungla, con aire de estar meditando amargamente algún propósito inescrutable. Transcurrió un minuto entero y entonces dio un paso adelante: un leve tintineo, un centelleo de metal amarillo, una oscilación de sus ropajes ribeteados y se detuvo como si las piernas no le respondiesen. El joven a mi lado gruñó. Los peregrinos murmuraron detrás de mí. Nos miró a todos como si su vida dependiera de la firmeza inquebrantable de su mirada. De pronto, abrió los brazos desnudos y los levantó rígidamente sobre la cabeza como dominada por un deseo incontrolable de tocar el cielo. Al mismo tiempo, las ligeras sombras, extendiéndose rápidamente desde tierra, recorrieron el río y envolvieron al vapor en un oscuro abrazo. Un silencio impresionante dominaba toda la escena.

»Se dio la vuelta lentamente y siguió andando por la orilla hasta llegar a los arbustos que había a la izquierda. Tan solo una vez más nos miraron sus ojos relucientes desde la oscuridad de la espesura, antes de desaparecer en ella.

»—Si hubiera hecho ademán de subir a bordo, francamente, creo que habría intentado matarla —dijo nerviosamente el hombre de los remiendos—. Llevo quince días arriesgando mi vida a diario para mantenerla alejada de la casa. Entró un día y armó un escándalo por esos miserables harapos que cogí del almacén para remendar con ellos mi ropa. No le pareció honrado. Al menos creo que eso debió de ser, porque estuvo una hora hecha una furia hablando con Kurtz y señalándome de vez en cuando. No entiendo el dialecto de la tribu. Imagino que aquel día Kurtz se encontraba demasiado enfermo como para preocuparse por eso, afortunadamente para mí, porque si no habría tenido dificultades. No lo entiendo… No. Es demasiado para mí. Bueno, ahora ya pasó todo.

»En ese momento oí la profunda voz de Kurtz detrás de la cortina:

»—¡Salvarme! Salvar el marfil querrá decir. No me diga. *¡Salvarme!* Pero si he sido yo quien ha tenido que salvarlo a usted. Se está entrometiendo en mis asuntos. ¡Enfermo! ¡Enfermo! No tanto como le gustaría pensar. No importa. A pesar de todo, pondré en práctica mis planes. Volveré. Le demostraré lo que se puede hacer. Usted y sus mezquinas ideas de vendedor ambulante. Se está interponiendo en mi camino. Volveré. Yo...

»El director salió. Me hizo el honor de cogerme del brazo y llevarme a un lado.

»—Está muy débil, muy débil —me dijo. Le pareció necesario suspirar, pero olvidó mostrarse consecuentemente afligido—. Hemos hecho por él todo lo que hemos podido, ¿no es cierto? Pero no podemos ocultar el hecho de que el señor Kurtz ha sido causa de más daño que provecho para la compañía. No se dio cuenta de que la ocasión no estaba madura para actuar de forma tan enérgica. Cautela, cautela..., ese es mi lema. Todavía debemos ser prudentes. La comarca nos está vedada por algún tiempo. ¡Es deplorable! En conjunto, el comercio se va a resentir. No negaré que hay una considerable cantidad de marfil, fósil en su mayor parte. Debemos ponerlo a buen recaudo cueste lo que cueste... Pero ya ve lo precario de nuestra situación, ¿y por qué?, por un método equivocado.

»—¿Llama usted a esto un método equivocado? —dije yo mirando hacia la orilla.

»—Sin duda —exclamó con vehemencia—. ¿Usted no...?

»—No veo que haya ningún método —murmuré al cabo de un rato.

»—Exactamente —dijo triunfante—. Yo había previsto esto. Demuestra una total falta de juicio. Mi obligación es hacerlo saber en los lugares oportunos.

»—¡Oh! —exclamé yo—, ese tipo…, ¿cómo se llamaba?, el fabricante de ladrillos, él redactará para usted un informe digno de ser leído. —Pareció desconcertarse unos instantes. Yo tenía la impresión de no haber respirado nunca una atmósfera tan envilecida y recurrí mentalmente a Kurtz en busca de alivio; estoy diciendo la verdad: en busca de alivio—. Sin embargo, a mí me parece que el señor Kurtz es un hombre notable —dije solemne.

»Se sobresaltó, me echó una mirada fría y dura y dijo en voz muy baja:

»—Lo *era*.

»Y se volvió, dándome la espalda. Había dejado de caerle en gracia; de pronto me encontré arrumbado junto a Kurtz en el grupo de los partidarios de unos métodos para los que la ocasión no estaba madura. ¡Yo equivocado y perturbado! ¡Ah!, pero poder al menos escoger mis propias pesadillas significaba ya mucho para mí.

»La verdad es que había recurrido a la selva y no a Kurtz, quien tengo que admitir que para mí era como si estuviese ya bajo tierra. Por un instante, me pareció como si yo también estuviera enterrado en una enorme tumba repleta de secretos inconfesables. Sentía una insoportable opresión en el pecho, el olor a tierra húmeda, la presencia invisible de la triunfante podredumbre, las tinieblas de una noche impenetrable… El ruso me dio un golpecito en el hombro. Lo oí tartamudear y hablar entre dientes acerca de "un marino hermano…, no pude ocultar…, conocimiento de cosas que podrían afectar a la reputación del señor Kurtz". Esperé. Era evidente que para él el señor Kurtz no estaba con un pie en la tumba; sospecho que para él Kurtz pertenecía a la estirpe de los inmortales.

»—¡Bien! —dije por fin—, hable claro. Tal y como están las cosas, puede decirse que en cierto sentido soy amigo de Kurtz.

»Explicó con muchas formalidades que, de no haber ejercido ambos "la misma profesión", habría guardado para sí todo el asunto sin preocuparse por las consecuencias. Sospechaba que existía una clara animadversión hacia él por parte de aquellos hombres blancos que…

»—Está usted en lo cierto —le dije, recordando cierta conversación que había tenido oportunidad de oír—. El director opina que deberían colgarlo.

»Al oír aquella confidencia, mostró una preocupación que al principio me pareció divertida.

»—Más me vale quitarme discretamente de en medio —dijo con la mayor seriedad—. Ahora ya no puedo hacer nada más por Kurtz, y ellos no tardarán en encontrar un pretexto. ¿Qué puede impedírselo? Hay un puesto militar a trescientas millas de aquí.

»—Bien, a mi entender quizá haría usted mejor marchándose, si es que tiene algún amigo entre los salvajes de ahí fuera.

»—Muchos —dijo—, son gente sencilla, y yo no necesito nada, ¿sabe? —Se quedó de pie mordiéndose el labio y a continuación dijo—: No quiero que les suceda nada malo a esos blancos de ahí, por supuesto, pero estaba pensando en la reputación del señor Kurtz, aunque usted es un marino hermano y…

»—De acuerdo —dije al cabo de un rato—, la reputación del señor Kurtz está a salvo por lo que a mí se refiere.

»No era consciente de hasta qué punto era cierto lo que dije.

»Me informó, bajando la voz, de que había sido Kurtz quien había ordenado que se llevara a cabo el ataque contra el vapor.

»—A veces odiaba la idea de que se lo llevaran, y después volvía a…, pero yo no entiendo de estas cosas. Pensó que se asustarían y se volverían atrás, que lo darían por muerto y abandonarían la búsqueda. No pude detenerlo. Oh, el último mes ha sido terrible para mí.

»—Muy bien —dije—, ahora él está bien.

»—Si-i-í —murmuró, aparentemente no muy convencido.

»—Gracias —dije yo —, mantendré los ojos abiertos.

»—Pero silencio…, ¿eh? —me instó lleno de ansiedad—. Sería horrible para su reputación que alguien… —Con mucha gravedad, le prometí absoluta discreción—. Tengo una piragua y tres tipos negros esperándome no muy lejos de aquí. Me voy. ¿Podría darme unos cuantos cartuchos Martini-Henry? —Podía, y lo hice con la discreción conveniente. Él mismo cogió un puñado de mi tabaco mientras me guiñaba el ojo—. Entre marinos, ya sabe, buen tabaco inglés. —Al llegar a la puerta de la garita del piloto se dio la vuelta—. Oiga, ¿no tendrá un par de zapatos que le sobren? —Levantó una pierna—. Mire.

»Las suelas estaban atadas con cuerdas anudadas bajo sus pies desnudos a modo de sandalias. Desenterré un par viejo que miró con admiración antes de ponérselo bajo el brazo izquierdo. Uno de sus bolsillos (de color rojo chillón) estaba repleto de cartuchos, del otro (de color azul oscuro) asomaba la *Investigación sobre*…, etcétera, etcétera, de Towson. Parecía convencido de estar particularmente bien equipado para un nuevo encuentro con la selva.

»—¡Ah! Nunca, nunca volveré a encontrar un hombre así. Debería usted haberlo oído recitar poesía, su propia poesía, eso me dijo. ¡Poesía! —Puso los ojos en blanco al recordar aquellas delicias —. ¡Oh, él amplió mis horizontes!

»—Adiós —le dije.

»Me chocó la mano y se desvaneció en la noche. ¡A veces me pregunto si realmente llegué a verlo en alguna ocasión, si es posible encontrarse con un fenómeno semejante…!

»Cuando desperté, poco después de la medianoche, me vinieron a la cabeza su advertencia y la insinuación de un peligro que, en medio de la estrellada oscuridad, parecía lo bastante real como para hacer que me levantara a echar un vistazo. En la colina ardía una gran hoguera que iluminaba de forma intermitente una de las curvas esquinas del edificio del puesto. Uno de los agentes montaba guardia junto al marfil con una patrulla de negros armados; sin embargo, en lo profundo de la selva, unas chispas rojas que fluctuaban, que parecían hundirse y elevarse desde el suelo entre formas confusas semejantes a columnas de intensa negrura, señalaban la posición exacta del campamento donde los adoradores del señor Kurtz mantenían su intranquila vigilia. El ritmo monótono de un gran tambor llenaba el aire de sordos estremecimientos con una prolongada vibración. Un sonido similar a un zumbido persistente, producido por un gran número de hombres que cantaban para sí algún extraño ensalmo, salía de detrás de la negra y uniforme muralla del bosque, igual que el zumbido de las abejas de una colmena, y producía sobre mis adormilados sentidos un extraño efecto narcótico. Creo que me quedé apoyado en la barandilla medio dormido hasta que me despertó el estallido inesperado de un griterío, la explosión irresistible de un frenesí misterioso y reprimido que me dejó desconcertado y lleno de asombro. Se cortó de pronto y el débil zumbido continuó y produjo un efecto de un silencio sofocado y tranquilizador. Eché por casualidad una mirada al interior de la caseta. Dentro de ella ardía una luz, pero el señor Kurtz no estaba allí.

»Si hubiera dado crédito a mis ojos, creo que habría puesto el grito en el cielo. Pero al principio no pude creer lo que veía… Me pareció imposible. Lo cierto es que estaba completamente acobardado, presa de un puro y profundo terror, de un terror puramente abstracto sin conexión alguna con ninguna forma tangible de peligro físico. Lo que convertía aquella emoción en algo tan abrumador era…, ¿cómo explicarlo?…, la conmoción moral que me produjo, como si algo absolutamente monstruoso, insoportable para el pensamiento y odioso para el espíritu se me hubiera venido encima de pronto. Por supuesto, solo duró una ínfima fracción de segundo, después el peligro mortal de todos los días y la habitual sensación que produce, la posibilidad de ser atacados de pronto y de que se produjera una masacre o algo por el estilo, que yo adivinaba inminentes, fueron tranquilizadora y favorablemente recibidos. De hecho, me calmaron hasta tal punto que no di la voz de alarma.

»Había un agente embutido en un sobretodo abrochado hasta el último botón que dormía en cubierta en una silla a casi un metro de donde yo estaba. Los gritos no le habían despertado, roncaba ligerísimamente; le dejé que disfrutara de sus sueños y salté a tierra. No traicioné al señor Kurtz, estaba escrito que nunca lo traicionaría, que sería leal a la pesadilla que había elegido. Deseaba entendérmelas con aquella sombra por mí mismo; aun hoy sigo sin comprender por qué no quería compartir con nadie la peculiar negrura de aquella vivencia. En cuanto llegué a la orilla vi un rastro, un ancho rastro a través de la hierba. Recuerdo con qué júbilo me dije a mí mismo: "No puede andar, camina a cuatro patas, ya lo tengo". La hierba estaba húmeda por el rocío. Yo avanzaba rápidamente dando grandes zancadas con los puños apretados. Creo que tenía la vaga idea de caer sobre él y darle una paliza. No lo sé. Se me pasaron muchas estupideces por la cabeza. La vieja haciendo punto con el gato en el regazo se interponía en mi memoria como la persona menos indicada para estar al otro extremo de un asunto como aquel. Vi una fila de peregrinos llenando el aire de plomo con los Winchesters apoyados en la cadera. Pensé que nunca volvería al vapor y me imaginé a mí mismo viviendo solo y desarmado en la selva hasta una edad avanzada. Esa clase de tonterías, ya saben. Recuerdo que confundía el sonido del tambor con los latidos de mi corazón y que me alegraba notar su calma y su regularidad.

»A pesar de todo, continué siguiendo el rastro, después me detuve a escuchar. La noche era muy clara, un espacio azul oscuro en el que destellaban el rocío y la luz de las estrellas y en el que las formas de color negro estaban inmóviles. Me pareció percibir una especie de movimiento delante de mí. Estaba extrañamente seguro de todo aquella noche. Incluso abandoné el rastro y corrí describiendo un amplio semicírculo (creo que iba riéndome entre dientes) para colocarme delante de aquella agitación, de aquel movimiento que había visto, si es que había visto algo en realidad. Estaba rodeando a Kurtz como si se tratara de un juego infantil.

»Me topé con él, y si no me hubiera oído llegar le habría saltado encima, pero se puso en pie a tiempo. Se levantó vacilante, alto, pálido, confuso, como un vaho exhalado por la tierra y se tambaleó un poco ante mí vaporoso y callado; mientras tanto, a mi espalda, se vislumbraban las hogueras entre los árboles y del bosque salía el murmullo de un gran número de voces. Le había cortado el paso con mucha habilidad, pero al enfrentarme realmente con él, pareció como si recobrara el buen juicio. Comprendí la verdadera magnitud del peligro, que aún no había pasado ni mucho menos. ¿Y si empezaba a gritar? Aunque apenas era capaz de sostenerse en pie, quedaba aún mucho vigor en su voz.

»—Váyase de aquí, escóndase —dijo en aquel tono profundo.

»Era realmente terrible. Miré de reojo hacia atrás. Estábamos a unos treinta metros del fuego más cercano. Una negra figura, de pie sobre unas piernas negras y largas, balanceaba sus negros y largos brazos en el resplandor. Llevaba unos cuernos, cuernos de antílope diría yo, en la cabeza. Indudablemente se trataba de algún brujo, de algún hechicero: su aspecto al menos era lo suficientemente diabólico.

»—¿Sabe usted lo que está haciendo? —le susurré.

»—Perfectamente —contestó elevando la voz para decir esa única palabra: me pareció fuerte y al mismo tiempo muy lejana, como un grito a través de un megáfono.

»"Si organiza un escándalo estamos perdidos", pensé para mí. Evidentemente no era un asunto como para resolverlo a puñetazos, incluso dejando aparte la repugnancia instintiva que me producía golpear a aquella sombra, a aquel ser errabundo y atormentado.

»—Estará usted perdido —le dije—, absolutamente perdido.

»Fue uno de esos destellos de inspiración que tiene uno a veces. La verdad es que dije la cosa adecuada, incluso a pesar de que él no podía haber estado más irremediablemente perdido de lo que lo estaba en aquel preciso momento en el que se estaban poniendo los cimientos de nuestra íntima amistad, para durar…, para durar…, hasta el final…, e incluso más aún.

»—Yo tenía grandes planes —murmuró indeciso.

»—Sí —dije yo—, pero como intente gritar le aplastaré la cabeza con… —no había ni palos ni piedras cerca de allí—, le retorceré el cuello —me corregí.

»—Estaba en el umbral de grandes cosas —se quejó con voz anhelante y un tono tan melancólico que hizo que se me helara la sangre en las venas—. Y ahora por culpa de un canalla estúpido…

»—De cualquier modo, su éxito en Europa está asegurado —afirmé con serenidad.

»Ya comprenderán que no quería tener que estrangularlo, y además hacerlo habría sido algo carente de toda utilidad práctica. Yo intentaba romper el hechizo, el mudo y poderoso hechizo de la selva, que parecía arrastrarlo hacia su implacable seno, despertando en él instintos brutales y olvidados y el recuerdo de pasiones monstruosas y satisfechas. Estaba convencido de que solo eso lo había hecho dirigirse hacia el lindero, hacia la espesura, hacia el resplandor de las fogatas, el latido de los tambores, el zumbido de los extraños ensalmos; solo eso había llevado su inmoral espíritu más allá de los límites permitidos para cualquier ambición. ¿No se dan cuenta?, lo espantoso de aquella situación no era que pudieran partirme la cabeza, aunque también tenía muy presente ese peligro, sino que me veía obligado a entendérmelas con un ser ante el que no podía apelar en nombre de nada por bajo o elevado que fuese. Como los negros, debía invocarlo a él, a él mismo, a su propia, exaltada e increíble degradación. No existía nada ni por encima ni por debajo de él, y yo lo sabía. Se había desprendido a patadas de la tierra. ¡Maldito sea! Había hecho pedazos la propia tierra a patadas. Estaba solo y, ante él, yo no sabía si pisaba tierra firme o si flotaba en el aire. Les he estado contando lo que nos dijimos, repitiéndoles las frases que pronunciamos, pero ¿de qué sirve hacerlo?, eran frases vulgares, de todos los días, los sonidos vagos y familiares que intercambiamos todos los días de nuestra vida. Pero ¿y qué?, para mí tenían detrás el terrible poder de sugestión que poseen las palabras oídas en sueños, las frases que se dicen en las pesadillas. ¡Un alma! Si alguna vez se ha debatido alguien con un alma, ese soy yo. No estaba discutiendo con un loco. Créanlo o no, tenía una clara inteligencia, concentrada con una terrible intensidad sobre sí misma, es cierto, pero clara y despejada; y en ella residía mi única oportunidad, exceptuando, claro está, matarlo allí en aquel mismo instante, lo cual, teniendo en cuenta el ruido que inevitablemente produciría, no era muy recomendable. Sin embargo, su alma sí había enloquecido. Al encontrarse sola en la selva había mirado dentro de sí misma y, ¡santo cielo!, les digo que se había vuelto loca. Tuve que pasar por la dura prueba (supongo que a causa de mis pecados) de mirar yo mismo en su interior. Ninguna clase de elocuencia habría podido tener un efecto tan devastador sobre la propia fe en la humanidad como lo tuvo su último estallido de sinceridad. Él se debatía también consigo mismo. Yo lo vi, lo oí. Vi el inconcebible misterio de un alma que no conocía freno, fe, ni temor alguno y que, no obstante, luchaba ciegamente consigo misma. Mantuve bastante bien la calma, pero cuando lo hube dejado tendido en su cama y me enjugué la frente, me temblaban las piernas como si hubiera llevado una tonelada sobre mis espaldas colina abajo. Y eso que solo le serví de apoyo mientras descansaba su brazo huesudo en mi cuello y pesaba poco más que un niño.

»Cuando partimos al mediodía del día siguiente, la multitud, de cuya presencia yo había tenido tan viva conciencia todo el tiempo, volvió a surgir de la selva, llenó el claro, cubrió la ladera con una masa de cuerpos broncíneos, desnudos, jadeantes, palpitantes. Avancé un poco y luego viré para ponernos a favor de la corriente, dos mil ojos siguieron las evoluciones y los chapoteos del enorme y feroz demonio del río que golpeaba el agua con su terrible cola y resollaba lanzando al aire humo negro. Delante de la primera fila, tres hombres, embadurnados de pies a cabeza con tierra de un intenso color rojo, se contoneaban de aquí para allá sin descanso. Cuando volvimos a tenerlos por el través estaban con la cara vuelta hacia el río, pateaban el suelo, balanceaban sus cuerpos color púrpura; agitaban en dirección al feroz demonio un manojo de plumas negras y una piel sarnosa con una cola colgando, que parecía una calabaza seca. Juntos gritaban periódicamente sartas de palabras que no se parecían a ningún sonido del lenguaje humano. Los profundos murmullos de la multitud, que se interrumpían de repente, eran como las respuestas a alguna diabólica letanía.

»Habíamos llevado a Kurtz a la garita del timonel: allí había más aire. Tumbado en su lecho, miraba fijamente a través de las portillas abiertas. Se hizo un remolino en la masa de cuerpos humanos y la mujer del pelo en forma de casco y las mejillas tostadas se abrió paso apresuradamente hasta el mismo borde del agua. Tendió las manos, gritó alguna cosa, y toda la muchedumbre se hizo eco de su grito con un rugiente coro y un jadeante, rápido y claro quejido.

»—¿Entiende usted lo que dicen? —le pregunté.

»Continuó mirando hacia fuera, más allá de donde yo estaba, con ojos ardientes y vehementes, con una expresión en la que se mezclaban la tristeza y el odio. No dio ninguna respuesta, pero pude ver cómo aparecía una sonrisa, una sonrisa de indefinible significado, en sus desvaídos labios, que un momento más tarde se crisparon de forma compulsiva.

»—¿Que si lo entiendo? —dijo lentamente, ahogándose, como si las palabras le hubieran sido arrancadas por algún poder sobrenatural.

»Tiré de la cuerda del silbato porque vi que, en cubierta, los peregrinos sacaban sus rifles como anticipando la llegada de un inocente pichoncillo. El súbito pitido produjo un movimiento del más inusitado terror entre la apretada masa de hombres.

»—¡No! No los espante —gritó desconsolado alguno de los de cubierta.

»Tiré de la cuerda una y otra vez. Se separaban, corrían, saltaban, se acurrucaban, hacían quiebros, esquivaban el volátil terror de aquel sonido. Los tres tipos de rojo habían caído de bruces y yacían en la orilla con la cara contra el suelo, como si les hubieran pegado un tiro. Únicamente aquella mujer bárbara y magnífica no se arredró lo más mínimo y extendió trágicamente los brazos hacia nosotros, sobre el río sombrío y reluciente.

»Entonces, aquella estúpida multitud de la cubierta comenzó su pequeña diversión y no pude ver nada más a causa del humo.

»La parda corriente fluía rápidamente desde el corazón de las tinieblas, llevándonos río abajo en dirección al mar, al doble de velocidad que cuando la remontamos; la vida de Kurtz también se escapaba con rapidez, fluía y fluía de su corazón hacia el mar del tiempo inexorable. El director estaba muy tranquilo, ya no tenía ninguna inquietud vital y nos toleraba a ambos con mirada comprensiva y satisfecha: el "asunto" había ido tan bien como cabía desear. Yo veía acercarse la hora en la que me convertiría en el único representante del partido del "método equivocado". Los peregrinos me miraban con desaprobación. Me incluían, por decirlo así, entre los muertos. Resulta extraño cómo acepté aquella imprevista familiaridad, aquella pesadilla, que me había visto obligado a elegir en una tierra tenebrosa invadida por fantasmas mezquinos y codiciosos.

»Kurtz disertaba. ¡Una voz! ¡Una voz! Resonó profundamente hasta el último momento. Sobrevivió a sus fuerzas para ocultar en los magníficos pliegues de su elocuencia la estéril oscuridad de su corazón. ¡Oh, luchó! ¡Luchó! Lo poco que quedaba de su fatigado cerebro se veía perseguido ahora por oscuras imágenes… Imágenes de fama y opulencia que giraban servilmente alrededor del don inextinguible de la expresión noble y sublime. Mi prometida, mi puesto, mi carrera, mis ideas… Tales eran las cuestiones sobre las que versaban sus ocasionales manifestaciones de elevados sentimientos. La sombra del Kurtz original frecuentaba la cabecera de la cama donde yacía aquella huera réplica, cuyo destino era ser enterrada poco tiempo después en el moho de la tierra primitiva. Sin embargo, tanto el amor diabólico como el odio sobrenatural que sentía por los misterios en los que se había adentrado luchaban por la posesión de aquella alma ahíta de emociones primitivas, ávida de fama ilusoria, de vanas distinciones, de todas las apariencias del éxito y el poder.

»En ocasiones era vilmente infantil. Deseaba que a su regreso de algún lóbrego Ningún Sitio donde pensaba llevar a cabo grandes cosas, lo recibieran reyes en las estaciones de ferrocarril.

»—Demuéstrales que hay algo en ti que es realmente rentable y su reconocimiento por tu talento no tendrá límites —decía—. Por supuesto, hay que tener cuidado con los motivos que se elijan, siempre han de ser motivos justos.

»Las largas extensiones, que parecían ser siempre la misma, los monótonos recodos, exactamente iguales unos a otros, pasaban deslizándose junto al vapor con su tropel de árboles centenarios que observaban el paso de aquel mugriento pedazo de otro mundo, una avanzada del cambio, del comercio, de masacres, de bendiciones. Yo miraba hacia delante gobernando el timón.

»—Cierre la portilla —dijo un día de pronto Kurtz—. No soporto ver todo esto. —Lo hice. Se produjo un silencio—. ¡Oh, algún día te arrancaré el corazón! —gritó a la invisible espesura.

»Sufrimos una avería, como yo había previsto, y tuvimos que fondear en la punta de una isla para hacer reparaciones. Aquel retraso fue lo primero que disminuyó la confianza de Kurtz. Una mañana me dio un paquete con papeles y una fotografía, todo atado con un cordón de zapato.

»—Guárdeme esto —me dijo—. Ese loco dañino es capaz de meter la nariz en mis cajones cuando yo no esté mirando.

»Lo vi por la tarde. Estaba tumbado sobre la espalda con los ojos cerrados, así que me retiré silenciosamente, pero le oí murmurar:

»—Vivir rectamente, morir, morir…

»Me quedé escuchando. No dijo nada más. ¿Estaba practicando en sueños un discurso o era un fragmento de una frase de algún artículo de periódico? Había escrito para los periódicos y tenía intención de volver a hacerlo: "Para la difusión de mis ideas. Es un deber".

»La suya era una negrura impenetrable. Yo lo miraba como se mira a un hombre que yace en el fondo de un precipicio donde nunca llega el sol. Pero no disponía de mucho tiempo que dedicarle porque estaba ayudando al maquinista a desmontar los cilindros llenos de fugas, a enderezar una biela torcida y otras cosas por el estilo. Vivía inmerso en una infernal maraña de óxido, limaduras, tuercas, pernos, llaves, martillos, perforadores de trinquetes, cosas que detesto y nunca me han gustado. Me ocupaba de la pequeña fragua que, afortunadamente, llevábamos a bordo; trabajaba fatigosamente junto a un triste montón de chatarra excepto cuando los calambres eran tan fuertes que no me dejaban continuar.

»Una tarde entré con una vela y me sobresalté al oírle decir algo trémulamente:

»—Estoy tumbado en la oscuridad esperando la muerte.

»La luz estaba a unos centímetros de sus ojos. Me obligué a mí mismo a murmurar:

»—¡Oh, tonterías!

»Y me quedé a su lado como transido.

»Nunca antes había visto algo parecido al cambio que sobrevino en sus facciones y espero no volver a verlo jamás. Oh, no es que me conmoviera, es que me fascinó. Fue como si se hubiera rasgado un velo. Vi en su rostro marfileño una expresión de orgullo sombrío, de poder implacable, de medroso terror..., de una desesperación profunda, sin remedio. ¿Acaso rememoraba su vida en todos sus detalles de deseo, tentación y renuncia, durante el supremo momento de discernimiento absoluto? Gritó con un hilo de voz ante alguna imagen, alguna visión, gritó dos veces, un grito que era poco más que un suspiro:

»—¡El horror! ¡El horror!

»Apagué la vela de un soplo y salí de la cabina. Los peregrinos estaban cenando en el comedor y yo ocupé mi asiento enfrente del director, quien levantó la vista para dirigirme una mirada inquisitiva que logré ignorar con éxito. Estaba recostado, tranquilo, con aquella sonrisa suya tan peculiar que sellaba herméticamente los abismos indescriptibles de su mezquindad. Una continua lluvia de moscas de pequeño tamaño revoloteaba junto a la lámpara, sobre el mantel, por nuestras manos y nuestras caras. De pronto el "chico" del director asomó su insolente cabeza por la puerta y dijo, empleando un tono de desprecio despiadado:

»—Señó Kurtz…, él muerto.

»Todos los peregrinos salieron precipitadamente para verlo. Yo me quedé y continué cenando. Creo que me tomaron por un hombre brutalmente insensible. De todos modos, no comí demasiado. Allí dentro había una lámpara…, luz, ¿no lo comprenden?, y fuera estaba todo tan oscuro, tan terriblemente oscuro… No volví a acercarme a aquel hombre extraordinario que había pronunciado un juicio sobre las aventuras de su alma sobre la faz de la tierra. La voz se había ido. ¿Qué otra cosa había habido allí? Aunque desde luego me consta que, al día siguiente, los peregrinos enterraron algo en un agujero fangoso.

»Después, poco faltó para que me enterraran a mí también.

»No obstante, como ven, no me reuní entonces con Kurtz. No. Me quedé para seguir soñando aquella pesadilla hasta el final y demostrar, una vez más, mi lealtad hacia Kurtz. El destino. ¡Mi destino! Qué cómica es la vida… Todos esos preparativos con su lógica implacable para lograr un propósito tan fútil. Lo más que se puede esperar de ella es cierto conocimiento de uno mismo, que llega demasiado tarde, y una cosecha de remordimientos inextinguibles. Yo he luchado a brazo partido con la muerte. Es la pelea menos emocionante que puedan imaginar. Tiene lugar en una impalpable penumbra, sin nada bajo los pies, sin nada alrededor, sin espectadores, sin voces, sin gloria, sin grandes deseos de conseguir la victoria, sin un gran temor por la derrota, en una atmósfera mórbida en la que reina un tibio escepticismo, sin demasiada fe en tus propios derechos y menos aún en los de tu adversario. Si esa es la forma que al final adopta la sabiduría, la vida es un enigma mayor de lo que muchos piensan. Faltó un pelo para que tuviera mi última oportunidad de pronunciarme y descubrí con humillación que probablemente no habría tenido nada que decir. Por eso afirmo que Kurtz fue un hombre extraordinario. Tenía algo que decir. Lo dijo. Puesto que yo también me había asomado al borde, comprendo mejor el significado de su mirada fija, que no podía ver la llama de la vela pero era lo bastante amplia para abarcar todo el universo, penetrando lo suficiente en él como para introducirse en todos los corazones que laten en las tinieblas. Había recapitulado…, había juzgado. "¡El horror!" Era un hombre fuera de lo común. Después de todo, aquella fue la expresión de algún tipo de creencia; había convicción, franqueza y un vibrante matiz de rebeldía en aquel susurro. Tenía el rostro pavoroso de una verdad vislumbrada…, una extraña mezcla de deseo y odio. Y lo que mejor recuerdo no es la extrema situación por la que pasé, la visión de una penumbra sin forma, llena de dolor físico y de un indiferente desdén por lo efímero de todas las cosas, incluso del propio dolor. ¡No! Es la situación por la que él pasó la que me parece haber vivido. Es cierto que él había dado el último paso, él había ido más allá del borde, mientras que a mí me había sido permitido dar un vacilante paso atrás. Tal vez ahí radique toda la diferencia. Quizá toda la sabiduría, toda la verdad y toda la sinceridad estén contenidas en ese lapso inapreciable de tiempo en el que cruzamos el umbral de lo invisible. ¡Tal vez! Me gusta pensar que mi recapitulación no habría sido una palabra de desdén indiferente. Es mejor su grito…, mucho mejor. Fue una afirmación, una victoria moral conseguida al precio de innumerables derrotas, terrores abominables, satisfacciones abominables. ¡Pero una victoria! Por eso seguí siendo fiel a Kurtz hasta el final, e incluso más allá, cuando, mucho tiempo después, oí de nuevo, no su propia voz, sino el eco de su magnífica elocuencia, que me era devuelto por un alma tan puramente translúcida como un acantilado de cristal.

»No, no me enterraron, aunque hay un periodo de tiempo que recuerdo de forma nebulosa, con un estremecimiento de asombro, como el paso a través de un mundo inconcebible en el que no existían la esperanza ni el deseo. Me encontré de vuelta en la ciudad sepulcral, molesto ante la visión de la gente corriendo por las calles para sacarles algo de dinero a los demás, para devorar su infame comida, para tragar su insalubre cerveza, para soñar sus sueños estúpidos e insignificantes. Irrumpían en mis pensamientos. Eran intrusos cuyo conocimiento de la vida me parecía de una pretensión irritante, porque estaba seguro de que era imposible que supieran lo que yo sabía. Su comportamiento, que no era otro que el comportamiento de los individuos normales ocupándose de sus asuntos con la absoluta certeza de que nada puede sucederles, me resultaba ofensivo como los escandalosos pavoneos de la locura frente a un peligro que es incapaz de comprender. No tenía ningún particular interés en explicárselo, pero tuve que hacer esfuerzos para contenerme y no reírme en sus caras, tan llenas de estúpida importancia. Me atrevo a decir que no estaba del todo bien por aquel entonces. Iba dando tumbos por las calles (tenía que arreglar varios asuntos), sonriendo amargamente a personas totalmente respetables. Admito que mi comportamiento no tiene excusa, pero en aquellos días mi temperatura rara vez era normal. Los esfuerzos de mi querida tía para "hacerme recuperar las fuerzas" parecían no dar en el blanco. No eran mis fuerzas las que necesitaban cuidados, sino mi imaginación la que requería calmarse. Conservaba el legajo que me había dado Kurtz, sin saber qué hacer con él exactamente. Su madre había muerto hacía poco, atendida, según me dijeron, por su prometida. Un hombre impecablemente afeitado, con aire solemne y que llevaba gafas con montura de oro fue un día a visitarme e hizo preguntas, indirectas al principio, cortésmente apremiantes después, acerca de lo que a él le gustaba denominar ciertos "documentos". No me sorprendió, porque ya había tenido allá dos discusiones sobre el asunto con el director. Me había negado a darle el más mínimo pedazo de papel del paquete y adopté la misma actitud con el hombre de las gafas. Al final se volvió misteriosamente amenazador y arguyó muy acalorado que la compañía tenía derecho a disponer de toda la información acerca de sus "territorios". Añadió además:

»—Dadas las grandes dotes del señor Kurtz y las deplorables circunstancias en las que se vio envuelto, debió de llegar a poseer un amplio y detallado conocimiento de regiones inexploradas, por lo que… —Le aseguré que los conocimientos del señor Kurtz, aunque amplios, nada tenían que ver con los problemas del comercio o la administración. Después invocó el nombre de la ciencia—. Sería una pérdida incalculable si…, etcétera, etcétera. —Le ofrecí el informe sobre "La supresión de las costumbres salvajes", con la posdata arrancada. Lo cogió con impaciencia, pero acabó por mirarlo desdeñoso, con aire de desprecio—. Esto no es lo que teníamos derecho a esperar —observó.

»—No esperen nada más —le dije—. Solo hay cartas personales.

»Se marchó dejando caer la amenaza de entablar un proceso judicial, y no volví a verlo. Pero otro tipo, que decía ser primo de Kurtz, apareció dos días más tarde lleno de ansiedad por conocer todos los detalles acerca de los últimos momentos de su querido pariente. Me dio a entender como de pasada que Kurtz había sido, en esencia, un gran músico.

»—Tenía todo lo necesario para conseguir un gran éxito —dijo el hombre, que, según creo, era organista y a quien el pelo, lacio y gris, le caía sobre el cuello mugriento de la chaqueta.

»Yo no tenía motivo alguno para dudar de sus afirmaciones; e incluso hoy no podría decir cuál era la profesión de Kurtz, si es que tuvo alguna, cuál fue el mayor de sus talentos. Lo había tomado por un pintor que escribía para los periódicos o por un periodista que sabía pintar. Pero incluso el primo (que no paró de tomar rapé durante toda la visita) fue incapaz de decirme qué es lo que había sido exactamente. Era un genio universal…, en ese punto el anciano individuo y yo estábamos de acuerdo; acto seguido se sonó ruidosamente con un gran pañuelo de algodón y se fue lleno de turbación senil, llevándose algunas cartas familiares y unas notas sin importancia. Por último, se presentó un periodista ávido por saber algo del destino que había sufrido su "querido colega". El visitante me informó de que la esfera propia de Kurtz debería haber sido la política "en su vertiente más demagógica". Tenía cejas pobladas y rectas, pelo hirsuto y muy corto, un monóculo colgado de una cinta ancha, y, poniéndose comunicativo, me confesó que, en su opinión, Kurtz no sabía escribir.

»—Pero ¡cielos! ¡Cómo hablaba!, electrizaba a las masas. Tenía fe, ¿se da cuenta?, tenía fe. Podía llegar a convencerse a sí mismo de cualquier cosa, cualquier cosa, habría sido un excelente líder de un partido extremista.

»—¿De qué partido? —le pregunté.

»—De cualquiera —contestó el otro—. Era un… un… extremista.

»¿No pensaba yo lo mismo? Asentí. ¿Sabía yo, preguntó con repentina curiosidad, qué es lo que lo indujo a ir allí?

»—Sí —dije, y al mismo tiempo le entregué el famoso informe para que lo publicara si pensaba que era conveniente.

»Lo hojeó apresuradamente murmurando entre dientes todo el rato, decidió que "serviría" y se marchó con su trofeo.

»Así me quedé por fin con un delgado paquete de cartas y el retrato de la chica. Me pareció muy hermosa…, es decir, tenía una expresión muy hermosa. Ya sé que es posible hacer que la misma luz del sol resulte engañosa; sin embargo, uno tenía la sensación de que ninguna manipulación de la luz o de la pose hubiera podido comunicar ese delicado matiz de sinceridad a sus facciones. Parecía dispuesta a escuchar sin reservas, sin sospechas, sin pensar una sola vez en sí misma. Decidí que yo mismo iría a devolverle su retrato y las cartas. ¿Curiosidad? Sí y puede que también otro sentimiento. Todo lo que Kurtz había sido se me había escapado de las manos: su alma, su cuerpo, su puesto, sus proyectos, su marfil, su carrera. Solo quedaban su recuerdo y su prometida, y, en cierto modo, yo quería dejar también todo eso en manos del pasado, entregar personalmente todo lo que me quedaba de él al olvido, que es la última palabra de nuestro común destino. No trato de defenderme. No tenía una idea muy clara de qué es lo que quería realmente. Quizá fue un impulso inconsciente de lealtad o el cumplimiento de una de las irónicas necesidades que se esconden en los hechos de la existencia humana. No lo sé. No puedo decirlo. Pero fui.

»Pensaba que su recuerdo era como los otros recuerdos de los muertos que se van acumulando en la vida de cada hombre: una vaga impresión dejada en el cerebro por sombras que en su paso último y veloz han terminado por quedarse en él; pero delante de aquella puerta grande y pesada, en medio de las altas casas de una calle tan silenciosa y respetable como la alameda bien cuidada de un cementerio, lo vi de pronto sobre la camilla, abriendo vorazmente la boca como si fuera a devorar la tierra entera con toda la humanidad. En ese momento fue como si estuviera vivo delante de mí, más vivo de lo que nunca lo había estado. Una sombra insaciable de honores espléndidos, de realidades pavorosas; una sombra más oscura que las sombras de la noche, noblemente envuelta en los pliegues de una magnífica elocuencia. La visión pareció entrar conmigo en la casa... La camilla, los fantasmales porteadores, la salvaje multitud de obedientes idólatras, la penumbra de la selva, el resplandor del tramo del río entre los tenebrosos recodos, el sonido del tambor apagado y regular como el latido de un corazón, el corazón de las tinieblas victoriosas. Fue un momento de triunfo para la jungla. Una acometida vengativa e invasora que me pareció que debía mantener a raya yo mismo para conseguir la salvación de otra alma. El recuerdo de lo que le oí decir allá lejos, con aquellas siluetas adornadas con cuernos agitándose tras de mí en el resplandor de las hogueras, en el seno de la paciente espesura, sus frases entrecortadas volvieron a mí, volví a oírlas con toda su simplicidad ominosa y aterradora. Recordé sus súplicas abyectas, sus abyectas amenazas, la magnitud colosal de sus viles deseos, la bajeza, el suplicio, la angustia tormentosa de su alma. Más tarde, me pareció ver su aspecto sosegado y lánguido cuando me dijo un día:

»—En realidad, ahora todo este marfil es mío. La compañía no lo ha pagado. Lo reuní yo mismo a costa de un gran riesgo personal. Sin embargo, me temo que intentarán reclamarlo como propio. Hum, se trata de un asunto complicado. ¿Qué piensa usted que debería hacer…, resistir? ¿Eh? Tan solo quiero que se haga justicia.

»Solo quería que se hiciera justicia, solo justicia. Llamé al timbre delante de una puerta de caoba en el primer piso y, mientras esperaba, él parecía mirarme fijamente desde el entrepaño de vidrio de la puerta, mirarme con aquella amplia e inmensa mirada que abarcaba, condenaba, aborrecía el universo entero. Me pareció oír aquel grito que casi fue un susurro: "¡El horror! ¡El horror!".

»El crepúsculo estaba cayendo. Tuve que esperar en un majestuoso salón con tres grandes ventanas que iban desde el suelo hasta el techo y parecían tres columnas luminosas adornadas con colgaduras. Las patas y los respaldos dorados y curvos de los muebles brillaban con formas retorcidas y confusas. La gran chimenea de mármol tenía una blancura fría y monumental. En una esquina estaba situado, imponente, un magnífico piano con oscuros destellos en sus lisas superficies, como un sarcófago lustroso y sombrío. Una puerta alta se abrió…, se cerró. Me puse en pie.

»Ella se adelantó, toda de negro, con la cara pálida, flotando hacia mí en medio del crepúsculo. Vestía de luto. Había pasado más de un año desde su muerte, más de un año desde que llegó la noticia, parecía como si fuera a recordar y guardar luto eternamente. Tomó mis manos entre las suyas y murmuró:

»—Había oído decir que venía usted.

»Me di cuenta de que no era demasiado joven, es decir, no era ninguna chiquilla. Poseía una juiciosa capacidad para la lealtad, la fe, el sufrimiento. La habitación parecía haberse oscurecido como si toda la melancólica luz de aquella tarde nubosa se hubiera refugiado en su frente. El pelo rubio, el pálido semblante, la frente tan pura, parecían rodeados por un halo ceniciento desde el cual me observaban sus ojos oscuros. Su mirada era candorosa, profunda, confiada y sincera. Llevaba la afligida cabeza muy erguida, como si estuviera orgullosa de su pesar, como si fuera a decir: "Yo…, solo yo sé llorarle como se merece". Sin embargo, mientras estábamos aún dándonos la mano, vino a su rostro una expresión de una desolación tan terrible que comprendí que se trataba de una de esas criaturas que no son juguetes del Tiempo. Para ella era como si hubiera muerto ayer. Y, ¡por Dios!, la impresión que me produjo fue tan poderosa que también a mí me pareció que hubiera muerto solo un día antes, más aún, en aquel mismo minuto. Los vi a los dos en el mismo instante, la muerte de él y la aflicción de ella. Vi su dolor en el preciso momento de la muerte de Kurtz. ¿Comprenden? Los vi juntos. Los oí juntos. Tomando aliento profundamente, ella había dicho: "He sobrevivido", y mientras tanto mis fatigados oídos parecían oír claramente el recapitulador susurro de la condenación eterna de él mezclado con el tono de desesperada tristeza de ella. Me pregunté qué es lo que estaba haciendo allí, con el corazón embargado por una sensación de pánico, como si me hubiera colado en un lugar lleno de misterios crueles y absurdos, insoportables para el ser humano. Me llevó hasta una silla. Tomamos asiento. Dejé cuidadosamente el paquete en la mesita y ella puso encima la mano…

»—Usted lo conocía bien —murmuró después de un momento de doloroso silencio.

»—La confianza crece con rapidez allí lejos —le dije—. Lo conocía todo lo bien que puede llegar un hombre a conocer a otro.

»—Y lo admiraba usted —dijo ella—. Era imposible conocerlo y no admirarlo, ¿no es cierto?

»—Era un hombre notable —le dije, inseguro. Después, ante la apremiante fijeza de su mirada, que parecía esperar que salieran más palabras de mis labios, proseguí—: Era imposible no…

»—Quererlo —terminó la frase llena de ansiedad, dejándome sumido en un horroroso mutismo—. ¡Qué gran verdad! ¡Qué gran verdad! ¡Pero piense que nadie lo conocía tan bien como yo! Yo disfrutaba de toda su noble confianza. Lo conocía mejor que nadie.

»—Usted lo conocía mejor que nadie —repetí.

»Y puede que así fuera. Pero con cada palabra dicha, la habitación iba oscureciéndose y tan solo su frente, blanca y suave, seguía iluminada por la luz inextinguible del amor y la fe.

»—Usted era su amigo —continuó—. Su amigo —repitió algo más alto—. Debe usted haberlo sido ya que le confió esto y le envió a verme. Sé que puedo hablar con usted… y, ¡oh! Necesito hablar. Quiero que usted…, usted que oyó sus últimas palabras, sepa que he sido digna de él… No se trata de orgullo. ¡Sí! Estoy orgullosa de saber que yo lo entendía mejor que nadie en el mundo… Me lo dijo él mismo. Y desde que falleció su madre no he tenido a nadie…, a nadie…, para…, para…

»Yo escuchaba. La oscuridad se hizo más profunda. Ni siquiera estaba seguro de que me hubiera dado el legajo correcto. Tengo la sospecha de que lo que él había querido es que yo cuidase de otro montón de papeles suyos que, después de su muerte, vi cómo examinaba el director bajo la lámpara. La chica hablaba, aliviando así su dolor, con la certeza de que contaba con mi compasión; hablaba como beben los sedientos. Yo había oído decir que su familia se había opuesto a su compromiso con Kurtz. No era lo bastante rico o algo así. Y la verdad es que no sé si no había sido un pobre indigente toda su vida. Él me había dado algunos motivos para pensar que había sido la impaciencia provocada por su relativa pobreza lo que le había impulsado a ir allí.

»—¿Quién podía no ser su amigo después de haberle oído hablar una sola vez? —estaba diciendo ella—. Atraía a los hombres hacia él por lo mejor que había en ellos. —Me miró con intensidad—. Es el don de los más grandes —prosiguió, y el grave sonido de su voz parecía ir acompañado de todos los demás sonidos, llenos de misterio, dolor y desolación, que yo había oído… Las olas en el río, el rumor de los árboles mecidos por el viento, los murmullos de la muchedumbre, el débil eco de palabras incomprensibles gritadas a lo lejos, el susurro de una voz hablando desde más allá del umbral de una oscuridad eterna—. ¡Pero usted lo ha oído! ¡Usted lo sabe! —gritó.

»—Sí, lo sé —dije con una sensación parecida a la desesperanza en el corazón, aunque inclinándome ante la fe que ella poseía, ante aquella ilusión magnífica y redentora que resplandecía con un brillo sobrenatural en la oscuridad, en aquella triunfante oscuridad de la que yo no habría podido defenderla… De la que ni siquiera podía defenderme yo mismo.

»—¡Qué pérdida para mí…, para nosotros! —se corrigió, demostrando con ello una hermosa generosidad; después añadió con un susurro—: Para el mundo.

»Bajo los últimos rayos del crepúsculo, yo podía ver el brillo de sus ojos llenos de lágrimas…, de lágrimas que nunca se derramarían.

»—He sido muy feliz…, muy afortunada…, me he sentido muy orgullosa —continuó diciendo—: Demasiado afortunada. Demasiado feliz durante un tiempo. Ahora seré desgraciada de por vida. —Se puso en pie y su pelo rubio pareció capturar en un trémulo resplandor dorado la poca luz que quedaba. Me levanté también—. Y de todo esto —prosiguió tristemente—, de toda su esperanza, de toda su grandeza, de su espíritu generoso, de su noble corazón no queda nada…, nada salvo un recuerdo. Usted y yo…

»—Siempre lo recordaremos —dije apresuradamente.

»—¡No! —gritó—. Es imposible que todo esto se pierda, que una vida así se sacrifique para no dejar nada salvo dolor. Usted sabe los grandes proyectos que él tenía. Yo también los conocía, es posible que no fuese capaz de comprenderlos, pero otras personas sabían de su existencia. Debe de quedar algo. Al menos sus palabras no han muerto.

»—Sus palabras permanecerán —dije yo.

»—Y su ejemplo —murmuró para sí—. Los hombres lo admiraban, su bondad resplandecía en cada uno de sus actos. Su ejemplo…

»—Cierto —le dije—; también su ejemplo. Sí, su ejemplo. Se me olvidaba.

»—Pero yo no. No puedo…, no puedo creerlo, aún no. No puedo creer que ya no vaya a verlo nunca más, que nadie vuelva a verlo nunca, nunca, nunca, nunca.

»Extendió los brazos como tras una sombra furtiva; alargándolos, negros, y con las manos pálidas y crispadas, a través del resplandor estrecho y desvaído de la ventana. ¡No verlo nunca!, en aquel momento yo lo veía claramente.Veré a aquel elocuente fantasma mientras viva, y también la veré a ella: una sombra trágica y familiar, cuyo gesto recordaba a otra, también trágica, adornada con inútiles amuletos, que extendía los brazos desnudos y bronceados por encima del fulgor de la corriente infernal, la corriente de las tinieblas. De pronto dijo en voz muy baja:

»—Murió como había vivido.

»—Su final —dije con una rabia sorda agitándose en mi interior— fue digno de su vida en todos los aspectos.

»—Y yo no estaba a su lado —murmuró.

Un infinito sentimiento de lástima hizo que se aplacara mi rabia.

»—Todo lo que se podía hacer… —dije entre dientes.

»—Ah, pero yo tenía más fe en él que nadie en el mundo…, más que su propia madre, más que… él mismo. ¡Me necesitaba! ¡A mí! Yo habría atesorado cada suspiro, cada palabra, cada señal, cada mirada…

»Sentí una fría opresión en el pecho.

»—No… —dije con voz apagada.

»—Perdóneme. Yo… he llorado tanto tiempo en silencio…, en silencio. ¿Estuvo usted con él… hasta el final? Pienso en su soledad. Sin nadie a su lado que lo comprendiera como yo lo habría comprendido. Quizá nadie que oyera…

»—Hasta el último momento —dije tembloroso—. Oí sus últimas palabras… —Me detuve asustado.

»—Repítalas —murmuró en tono angustiado—. Quiero algo…, quiero algo, algo con lo que poder vivir.

»Yo estuve a punto de gritarle: "¿No las oye?". El crepúsculo las estaba repitiendo con un persistente susurro en torno a nosotros, un susurro que parecía ir en aumento, amenazador, como el primer rumor de un viento que levanta: "¡El horror! ¡El horror!".

»—Sus últimas palabras…, algo con lo que vivir —insistió ella—. ¿No comprende que yo lo amaba…? Lo amaba. ¡Lo amaba!

»Procuré tranquilizarme y le hablé lentamente.

»—La última palabra que pronunció fue… su nombre.

»Oí un pequeño suspiro y después mi corazón se detuvo, se paró en seco al oír un grito exultante y terrible, un grito de inconcebible triunfo y dolor indecible.

»— ¡Lo sabía…, estaba segura!

»Ella lo sabía, estaba segura. La oí llorar; ocultaba el rostro entre las manos. Me pareció que antes de que pudiera escapar yo de allí la casa se vendría abajo, que el cielo se desplomaría sobre mi cabeza. Pero no ocurrió nada. Los cielos no se hunden por una pequeñez semejante. Quisiera saber si se habrían hundido de haber hecho yo a Kurtz la justicia que merecía. ¿No había dicho que solo quería justicia? Pero no pude. No fui capaz de decírselo. Habría sido todo demasiado triste. Demasiado triste…

Marlow dejó de hablar y siguió sentado aparte, silencioso, casi invisible, en la postura de un Buda meditativo. Nadie se movió durante un rato.

—Hemos desaprovechado el comienzo del reflujo —dijo de pronto el director.

Levanté la cabeza. La vista hacia el mar estaba obstaculizada por un negro cúmulo de nubes, y el tranquilo curso de agua que llevaba a los más remotos confines de la tierra fluía sombrío bajo el cielo nublado…, parecía llevar al corazón de una inmensa oscuridad.

Apéndices

DIARIO DEL CONGO

Llego a Matadi el 13 de junio de 1890.

El señor Gosse, jefe del puesto (O.K.), nos retiene por algún motivo particular.

Conozco a Roger Casement, lo que consideraría un placer en cualquier otra circunstancia y ahora se ha convertido en toda una suerte.

Piensa, habla bien y es muy inteligente y comprensivo.

Tengo grandes dudas respecto al futuro. Ahora temo que mi vida entre los hombres blancos que hay por aquí pueda no ser muy cómoda. Me propongo evitar conocerlos siempre que sea posible.

Por mediación de R. C. he conocido al señor Underwood, el gerente de la factoría inglesa (Hatton & Cookson, en Kalla Kalla). Típico comerciante, amable y campechano. Comí allí el día 21.

24. Gosse y R. C. se han ido a Boma con un gran cargamento de marfil. Cuando vuelva G. tenemos intención de emprender el viaje río arriba. Yo mismo he estado muy ocupado empaquetando marfil en barriles. Un trabajo estúpido. Hasta ahora mi salud es buena.

He escrito a Simpson, al gobernador B., a Purd., a Hope,

al capitán Froud y a Mar.* Principal característica de la vida social aquí: todo el mundo habla mal de todo el mundo.

Sábado, 28 de junio. Parto de Matadi con el señor Harou** y una caravana de 31 hombres. Me despido de Casement en términos muy cordiales. El señor Gosse nos acompaña hasta el puesto estatal.

Primera parada. M'Poso. Dos daneses en el grupo.

Domingo, 29. Ascenso de Pataballa bastante fatigoso. Acampamos a las 11 a.m. en el río Nsoke. Mosquitos.

Lunes, 30. Hasta Congo da Lemba, tras una larga ascensión entre rocas negras. Harou no puede con su alma. Resulta muy molesto. El campamento es malo. El agua está lejos. Sucio. Por la noche Harou está mejor.

Martes, 1 de julio. Partimos temprano con una niebla muy espesa, en dirección al río Lufu. Parte de la ruta transcurre a través de la selva por la escarpada ladera de una montaña. Descenso muy largo. Luego un mercado, desde donde hay un corto paseo hasta el puente (bueno) y el campamento. Muy

---

* James H. Simpson, de la naviera australiana Henry Simpson & Sons, a la que pertenecía el único barco que capitaneó Conrad; Tadeusz Bobrowski (1829-1894), su tío materno y tutor; George Fountaine Weare Hope, amigo de Conrad, ex marino y hombre de negocios; capitán Froud, secretario de la London-Ship-Master Society; Marguerite Poradowska (1848-1937), viuda de su primo Alexander Poradowski, fue quien ayudó a Conrad a obtener su empleo en el Congo.

** Prosper Harou, un agente de la Societé que llegó de Europa en el mismo barco que Conrad.

bueno. Me he dado un baño. Río limpio. Me siento bien. Harou está bien. Primer pollo a las 2 p.m.

No hace sol.

Miércoles, 2 de julio

Nos ponemos en camino a las 5.30, después de una noche sin dormir. Región más llana. Colinas suaves y ondulantes. La carretera es buena y está en perfecto estado. (Distrito de Lukungu.) Gran mercado a las 9.30, compro huevos y ¡pollos!

Hoy no me siento bien. Un fuerte catarro de nariz. Llegamos a Banza Manteka a las 11. Acampamos en el mercado. No estoy lo bastante bien para visitar al misionero. Agua escasa y mala. Lugar de acampada sucio.

Los dos daneses siguen en el grupo.

Jueves, 3 de julio

Salimos a las 6 a.m., tras una noche de descanso. Atravesamos una cordillera baja y entramos en un valle amplio o más bien llano con una quebrada en el centro. Encontramos a un funcionario del Estado que está de inspección, unos minutos más tarde vemos el cadáver de un backongo en un lugar de acampada. ¿Muerto de un disparo? Un olor horrible. Atravesamos una cordillera montañosa que se extiende en dirección NO-SE por un paso a poca altura. Otro valle llano y extenso con un profundo barranco en el centro. Grava y arcilla. Otra cordillera paralela a la primera, con una cadena de colinas muy cercana. Acampamos entre las dos, a orillas del río Luinzono. Lugar de acampada limpio. Río despejado. Zanzíbares gubernamentales haciendo el padrón. Canoa. Los dos daneses acampan en la otra orilla. Bien de salud.

El tono general del paisaje es gris amarillento (hierba seca), con manchas rojizas (suelo) y matas de color verde oscuro dispersas aquí y allá, sobre todo en las estrechas gargantas entre las montañas o en los barrancos que cruzan los valles. He visto Palma Christi, palmeras de aceite. En algunos sitios hay árboles muy altos, rectos y gruesos. Desconozco su nombre. Los pueblos son casi invisibles. Se adivina su presencia por las calabazas que cuelgan de las palmeras para hacer el vino de palma o *malafu*.

Muchas caravanas y viajeros. Las mujeres solo se dejan ver en el mercado.

El canto de los pájaros encantador. Sobre todo uno que tiene un tono aflautado. Otro es una especie de bramido parecido al lejano ladrido de un perro. Solo he visto palomas y unos cuantos periquitos verdes, muy pequeños y escasos. No he visto aves de presa. Hasta las 9 a.m. el cielo nublado y en calma. Después una brisa suave, por lo general del norte, y el cielo ha clareado. Noches frías y húmedas. Las montañas están cubiertas de niebla hasta la mitad. Bonitos reflejos en el agua esta mañana. La niebla suele levantar antes de que se despeje el cielo.

[Esbozo: «Sección del camino de hoy». Incluye un esbozo en el que está indicado «Banza Manteka, 3 montañas y el río Luinzono». Debajo dice: «Distancia 25 kilómetros. Dirección aproximada NNE-SSO».]

Viernes, 4 de julio
Salimos del campamento a las 6 a.m., después de una noche muy desagradable. Cruzamos una cadena montañosa y nos internamos en un laberinto de colinas. A las 8.15 vamos a parar a

una llanura ondulada. Tomamos la referencia de un paso en la cadena montañosa al otro lado. Dirección NNE. La carretera pasa por ahí. Bruscos ascensos por montañas muy empinadas, aunque no muy altas. Las montañas más altas se interrumpen bruscamente y dan paso a una región de colinas bajas.

A las 9.30 mercado.

A las 10 pasamos el río Lukanga y a las 10.30 acampamos junto al río Mpwe.

[Esbozo: «Camino de hoy». Debajo dice: «dirección NNE ½ N Distancia 20 kilómetros». En el esbozo está indicado: «Campamento Luizono».]

Junto al camino he visto otro cadáver en actitud de meditativo reposo. Por la tarde tres mujeres, una de ellas albina, han pasado por el campamento. Horrible blanco grisáceo con manchas rojas. Ojos rojos. Pelirroja. Rasgos negroides y muy feos.

Mosquitos. Por la noche, cuando salió la luna, oímos gritos y tambores de pueblos lejanos. He pasado mala noche.

Sábado, 5 de julio de 1890
Salimos a las 6.15. Mañana fresca, incluso fría y muy húmeda. Cielo muy cubierto. Brisa suave del NE. El camino recorre una estrecha llanura hasta llegar al río Kwilu. Es muy profundo y fluye con rapidez, 50 m de ancho. Cruzamos en canoas. Después, subimos y bajamos por unas colinas muy empinadas, surcadas por profundos barrancos. La cadena montañosa principal se extiende en dirección NO-SE, y en ocasiones O y E. Nos detuvimos en Manyamba.

Lugar de acampada malo, en un hoyo. Agua más que regular. Montamos la tienda a las 10.15.

[Esbozo: «Sección del camino de hoy». Título inferior: NNE. Distancia 19 kilómetros. Indicado en el esbozo: «Kwilu River, Campamento Manyamba».]

Hoy caí en un charco fangoso. Repugnante. Culpa del hombre que me llevaba. Después de acampar, fui a un arroyo, me bañé y lavé la ropa. Empiezo a estar bastante harto de estas diversiones.

Mañana nos espera una larga marcha hasta Nsona, a dos días de Manyanga.

Hoy no ha lucido el sol.

Domingo, 6 de julio
Partimos a las 5.40. Ruta un poco montañosa al principio, luego, tras un brusco descenso, atraviesa una ancha llanura. Al final hay un gran mercado.

El sol salió a las 10.

Pasado el mercado, cruzamos otra llanura, luego recorremos la cresta de una cadena de montañas, pasamos por dos pueblos y, a las 11, llegamos a Nsona. El pueblo es invisible.

[Esbozo: «Sección del camino de hoy». Incluye un esbozo donde se indica «Mercado, campamento Nsona». Debajo dice: «Dirección aproximada NNE. Distancia 30 kilómetros».]

En este campamento hay un buen lugar de acampada. Sombreado. El agua está lejos y no es muy buena. Esta noche no hay mosquitos debido a que han encendido grandes hogueras alrededor de la tienda.

Tarde muy nublada.

Noche clara y estrellada.

Lunes, 7 de julio

Salimos a las 6, después de un buen descanso nocturno, en dirección a Inkandu, que está pasado el puesto gubernamental de Lukungo.

Camino muy accidentado. Sucesión de colinas redondeadas y con mucha pendiente. A veces recorremos la cresta de una cadena montañosa.

Justo antes de llegar a Lukunga, nuestros porteadores se desviaron hacia el sur hasta que el puesto quedó al norte. Anduvimos una hora y media por un herbazal. Cruzamos un río muy amplio de unos 30 m de ancho y 1,5 m de profundidad. Después de otra media hora andando por plantaciones de mandioca muy bien cuidadas, volvimos al camino al E del puesto de Lukunga. Anduvimos por una llanura ondulada hasta el mercado de Inkandu en lo alto de una colina. Unas 200 personas. Muy atareadas haciendo negocios. No hay agua. No hay donde acampar. Al cabo de una hora partimos en busca de un sitio donde descansar.

Discusión con los porteadores. No hay agua. Por fin acampamos alrededor de la 1.30 p.m. en una ladera a pleno sol y cercana a un arroyo fangoso. No hay sombra. Tienda plantada en pendiente. Sol muy fuerte. Espantoso.

[Esbozo sin título de la jornada del día donde se indica: «Nsona, río Lukunga dirección N, Inkandu, campamento». Dirección NE-N. Distancia 35 kilómetros.]

Noche terriblemente fría.
No he dormido nada. Mosquitos.

Martes, 8 de julio

Partimos a las 6 a.m.

A unos diez minutos del campamento, dejamos la carretera principal gubernamental para seguir por el camino de Manyanga. Cielo cubierto. El camino sube y baja todo el rato. Pasamos por un par de pueblos.

La región es un confuso caos montañoso, laderas rojizas por los desprendimientos. Hermoso efecto de las montañas rojizas cubiertas en algunos sitios por vegetación de color verde oscuro.

Media hora antes de iniciar el descenso, vislumbro el río Congo. Cielo nublado.

[Esbozo: Camino del día – 3h. Indicado en el esbozo: «Campamento, río, montaña, río Congo, Manyanga». Debajo: NE ¨SO Dirección aproximada NE. Distancia 15 kilómetros.]

Llegamos a Manyanga a las 9 a.m.

Muy buen recibimiento de los señores Heyn & Jaeger.

Parada muy cómoda y agradable.

Nos quedamos hasta el 25. Ambos han estado enfermos. Nos han atendido muy bien. Nos vamos con sincero pesar.

	(Mafiela)		
Viernes, 25	Nkenghe		partida
Sábado, 26	Nsona		Nkendo K
Domingo, 27	Nkandu		Luasi
Lunes, 28	Nkonzo		Nzungi (Ngoma)
Martes, 29	Nkenghe		Inkissi
Miércoles, 30	Nsona	mercredi	Río
Jueves, 31	Nkandu		Luila

Viernes, 1 ag.	Nkonzo	Nselemba
Sábado, 2	Nkenghe	
Domingo, 3	Nsona	
Lunes, 4	Nkandu	
Martes, 5	Nkonzo	
Miércoles, 6	Nkenghe	

Viernes, 25 de julio de 1890
Salimos de Mayanga a las 2.30 p.m. con muchos porteadores con hamacas. Harou cojea y no está en muy buena forma. Yo tampoco, pero no cojeo. Llegamos a Mafiela y acampamos: 2 h.

Sábado, 26
Salimos muy temprano. La carretera asciende todo el rato. Pasamos por varios pueblos. La región parece bastante deshabitada. A las 11 llegamos a un gran mercado. Volvemos a ponernos en camino a mediodía y acampamos a la 1 p.m.

[Esbozo sin título de la jornada del día donde se indica: «Mafiela, charca de cocodrilos, montaña, sendero gubernamental, mercado, un hombre blanco murió aquí, campamento». Debajo: «Dirección aproximada: E½ N ¨ O½ S / Sol visible a las 8 a.m. Mucho calor / distancia: 29 kilómetros».]

Domingo, 27
Salimos a las 8 a.m. Enviamos a los porteadores directamente a Luasi y nosotros vamos a la misión de Sutili.

Hospitalaria acogida de la señora Comber. Todos los misioneros están ausentes.

El aspecto del establecimiento es muy civilizado y resulta muy reconfortante después de ver las casuchas destartaladas en las que se contentan con vivir los funcionarios del Estado y los agentes de la Compañía…

Buenos edificios. Está ubicada en lo alto de una colina. Muy aireado.

Partimos a las 3 p.m. En la primera pendiente nos encontramos con el señor Davis, el misionero, que vuelve de predicar. El reverendo Bentley estaba en el sur con su mujer.

Como nos hemos apartado del camino, no incluyo sección. La distancia recorrida es de unos 24 kilómetros. Dirección aproximada ENE.

En Luasi volvemos a tomar la carretera gubernamental.

Acampamos a las 4.30 p.m. El señor Heche en el grupo. Nada de sol hoy.

Viento muy frío. Día melancólico.

Lunes, 28

Dejamos el campamento a las 6.30, después de desayunar con Heche.

La carretera al principio es empinada. Luego transcurre a lo largo de la cresta de unas cadenas montañosas con valles a ambos lados. La región es más despejada y hay muchos árboles que crecen formando bosquecillos en los barrancos.

Pasamos Nzungi y acampamos a las 11 en la orilla derecha de Ngoma, un riachuelo de curso rápido y fondo rocoso. Pueblo en la colina a la derecha.

[Esbozo sin título. Indicado: «Campamento, Luasi, río, cordillera, valles boscosos, Nzungi, río Ngoma, campamento». Debajo: «Dirección aproximada ENE / Distancia: 22 kilómetros».]

Nada de sol. Día frío y melancólico. Chubascos.

Martes, 29

Partimos del campamento a las 7 después de una noche de descanso. Ascensión prolongada, no muy empinada al principio. Atravesamos barrancos boscosos y el río Lunzadi por un puente bastante bueno.

A las 9 nos encontramos al señor Louette que lleva a Matadi a un agente de la compañía enfermo. Muy buen aspecto. Malas noticias río arriba. Todos los vapores están desmantelados. Uno hundido. Región muy boscosa. A las 10.30 acampamos en Inkissi.

[Esbozo sin título. Indicado: «Ngoma, río Lunzadi, encontramos al señor Louette, río Inkissi, campamento». Debajo: «Dirección aproximada ENE / Distancia: 24 kilómetros».]

Sol visible a las 6.30. Día muy caluroso.

El río Inkissi es muy rápido, tiene unos 100 m de ancho. Lo atravesamos en canoas. Las orillas están cubiertas de vegetación muy espesa, el valle del río es muy profundo y muy estrecho.

Hoy no hemos montado la tienda, sino que nos alojamos en un shimbek* del gobierno a cargo de unos zanzíbares muy correctos.

Veo piñas maduras por primera vez.

De camino hemos pasado junto a un esqueleto atado a un poste. También junto a la tumba sin nombre de un hombre blanco. Un montón de piedras hace las veces de cruz.

Bien de salud ahora.

---

* Conjunto de casas de personas dedicadas a la misma ocupación.

Miércoles, 30

Salimos a las 6 a.m. con la intención de acampar en Kinfumu. Dos horas de caminata a buen paso me llevan a Nsona na Nsefe. Mercado. Media hora más tarde, llega Harou muy enfermo con un ataque de bilis y fiebre. Lo acostamos en un shimbek del gobierno. Dosis de ipecacuana. Vomita grandes cantidades de bilis. A las 11 le dimos 1 gramo de quinina y mucho té caliente. Ataque de fiebre que termina en una enorme sudoración. A las 9 p.m. lo ponemos en una hamaca y partimos hacia Kinfumu. Discusión con los porteadores todo el camino. Harou sufre mucho por las sacudidas de la hamaca. Acampamos junto a un riachuelo.

A las 4 Harou está mejor. La fiebre ha desaparecido.

[Esbozo sin título. Indicado: «Grama, notable montaña cónica que se extiende hacia el NE, visible desde aquí, río Lulufu boscoso, despejado, jungla, riachuelo, Nsona a Nsefe, hierba, campamento, boscoso». Debajo: «Dirección aproximada NE–E½E – / Distancia: 20 kilómetros».]

Hasta mediodía cielo nublado y viento fuerte y frío del NO. De la 1 p.m. hasta las 4 p.m. cielo despejado y día muy caluroso. Mañana espero muchas discusiones con los porteadores. Los he reunido y les he soltado un discurso que no han entendido. Prometen portarse bien.

Jueves, 31

Partimos a las 6. Enviamos a Harou por delante y lo seguimos al cabo de media hora. La carretera presenta varias subidas muy bruscas y otras menos empinadas pero muy largas. He reparado en que, en algunos sitios, el suelo es arenoso en lugar de arcilla seca como hasta ahora; piénsese, no obstante, que la capa de arena no es muy gruesa y debajo hay arcilla. Grandes dificultades para trasladar a Harou. Demasiado pesado. Un incordio. Hacemos dos paradas para que descansen los porteadores. Región boscosa en los valles y en las crestas.

[Esbozo: Camino del día. Indicado: «Campamento, Nkenghe, río Kinfumu, río Congo, río Kinzilu, río Luila, y NE½E».]

A las 2.30 p.m. llegamos por fin a Luila y acampamos en la orilla derecha. Brisa del SO.

Dirección aproximada de la marcha: NE½E.

Distancia estimada: 25 kilómetros.

El Congo es muy rápido y estrecho. El Kinzilu desemboca en él. A poca distancia de la desembocadura hay una hermosa cascada.

El sol salió rojo a las 9 a.m. Día muy caluroso.

Harou apenas ha mejorado.

Yo tampoco estoy muy fino. Me he dado un baño. El Luila tiene unos 18 metros de anchura. Poca profundidad.

Viernes, 1 de agosto de 1890
Nos ponemos en camino a las 6.30 a.m. después de una noche regular. Frío, niebla densa. La carretera asciende bruscamente y luego desciende de pronto hasta Mfumu Mbé.

Al salir de allí hay una larga y penosa subida por una pendiente muy pronunciada, luego un largo descenso hasta Mfumu Kono donde paramos un buen rato.

Salimos a las 12.30 p.m. hacia Nselemba. Muchas cuestas. El aspecto de la región ha cambiado por completo. Colinas boscosas con claros. A partir de la tarde, el camino discurre por un bosque de árboles finos con mucha maleza.

Tras una parada en una colina boscosa llegamos a Nselemba a las 4.10 p.m.

[Esbozo sin título. Indicado: «Campamento, Mfumu, Mbe, Koko, arroyo, arroyo, vegetación espesa, arroyo, Nselemba y campamento».]

Nos alojamos en una choza del gobierno.
Trifulca a propósito de una estera entre los porteadores y un hombre que asegura ser funcionario del gobierno. Lo muelen a palos. Lo paramos. Ha llegado un jefe con un joven de unos 13 años con un tiro en la cabeza. La bala le dio unos centímetros por encima de la ceja derecha y le rozó el cuero cabelludo, justo en medio del entrecejo en línea con el puente de la nariz. El hueso aparentemente no está roto. Le hemos dado un poco de glicerina para que se la ponga en la herida hecha por la bala al salir.

Harou no está muy bien. Mosquitos. Ranas. Muy desagradable. Me alegro de no tener que ver más a este estúpido. Me siento un poco mustio.

El sol salió rojo. Día muy caluroso. Viento sur.
Dirección aproximada de la marcha NE-S.
Distancia unos 27 kilómetros.

CUADERNO DE RÍO ARRIBA

Empezado el 3 de agosto de 1890
S.S. Roi des Belges

Al partir de A, tras pasar las dos islas, gobernamos hacia el bosquecillo, árbol alto, dos salientes en las islas. Playa arenosa.

[Dos esbozos con el contorno de la orilla y las islas, en los que se indica: N.º I, A, árboles, arenoso, punta, bahía, fétida y piedras.]

N.º II Gobernamos hacia la punta arenosa, luego nos apartamos de tierra (hacia el este por el sol). Al acercarnos, la orilla se divide y forma dos islas. B gobernamos hacia el extremo marcado B. *Desde C se divisa otra punta a lo lejos.* Gobernamos hacia el banco de arena II, detrás se entreven grupos de árboles en una punta de tierra. No se ven islas. La isla del banco de la izquierda parece tierra firme. El banco II está sumer-

N.º III. IV.

gido cuando el nivel del agua es alto. Llegamos al banco I. Pasamos cerca del islote y. Dejamos el banco II a babor. Gobernamos hacia el paso arenoso en la orilla sur.

Posición D. La punta a parece baja. El banco de arena sur está sumergido cuando el nivel del agua es alto.

El paso se estrecha. Avanzamos hacia la punta a.

Posición E.

Tierras bajas y bancos de arena visibles a babor. Gobernamos hacia una mancha blanca de forma cuadrada. Avante. Pasamos junto a la arena ¡*Con cuidado*!

N.º V (y también IV.)

Posición F. ENE. La mancha cuadrada hacia ESE. Pasamos a lo largo de la orilla arenosa no lejos de la punta △, gobernamos sin problemas. Dejamos la isla X a estribor y seguimos avante. A babor (orilla izquierda) hay un banco de arena muy extenso y peligroso. ½ metro (*Capt. Coch*)* Al acercarse, la punta ⊙ parece unida a la isla X y da la impresión de que no hay paso. Más adelante vuelve a

* Ludwig Rasmus Koch (1865-1906), el capitán del *Roi des Belges*.

abrirse. Una mancha herbosa señala el extremo de la punta ⊙ Justo enfrente hay unas montañas bastante altas que asoman por detrás de la isla X.

Llegamos a la isla, luego gobernamos a lo largo de la orilla hasta la punta ⊙ ligeramente a babor desde la *posición F. a*. Llegamos a una mancha blanca, tras atravesar un pequeño canal que divide X en dos. Un islote cierra aparentemente el paso. Al acercarse al final de X hay que acercarse a la orilla y gobernar hacia la bahía 8 dejando el grupo de árboles por babor. Al salir, la montaña más alta queda justo a proa, seguimos con la montaña a proa mientras cruzamos hacia la orilla izquierda. A babor de la montaña, una punta negra y baja. Enfrente, una isla alargada. La orilla es boscosa.

V. Va.

Al acercarse a la orilla, la punta negra y la isla se juntan. No hay peligro. Gobernamos hacia tierra firme entre la isla y el banco cubierto de hierba, en dirección a la montaña alta gobernando *todo el tiempo cerca de la orilla izquierda*.

VI. En la orilla izquierda punta boscosa.

Valle. 1.º recodo casi al norte.

2.º recodo hacia el NNE.

Orilla izquierda. Punta boscosa.

3.º recodo igual y punta boscosa.

4.º recodo N¼E

Punta III. Piedras.

IV. Antes de llegar a su altura hay un bajío rocoso. 9 horas después de empezar a remontar el río divisamos una punta con «2 árboles sago» no demasiado llamativos. Llano al pie de las montañas. La punta VI está cubierta de espesura. Bastante baja. Pendiente redondeada tal como indica el esbozo.

Justo antes de llegar a la altura de la punta VI, la sonda mide dos metros, fondo de piedras. Nos apartamos. Punta VII llamada «Punta de arenisca» con un pequeño saliente de roca.

Antes de acercarnos a ella cruzamos a la orilla derecha.

Amarramos junto a una playa herbosa delante de unos árboles. 25 millas desde la entrada... 5.30.

4 de agosto. VII. Este recodo está orientado hacia el E. Poco después de partir, la punta A se divide en dos con una forma peculiar. En la punta VIII, una larga cornisa de piedra. La punta A tiene un pequeño espolón arenoso. Nada más pasar la punta hay un pequeño banco arenoso a lo largo de la orilla. Lugar de aprovisionamiento de leña. Es posible pasar entre el banco de arena y la orilla. Después de pasar la punta A, hay una cornisa rocosa en el centro del río que ahora asoma en el agua. Cubierta cuando sube el nivel del agua. El río se estrecha bastante. Nos apartamos de la orilla derecha.

La punta de *Snake Tree* tiene una repisa de roca muy alargada. Hay mucho espacio para atracar.

Aquí empieza un recodo hacia el NE (según el sol). Muchas palmeras visibles en la orilla izquierda.

Tras pasar la punta de *Snake Tree*, en la orilla izquierda está la desembocadura del río Negro. Grupo de árboles bastante visible un poco más adelante en la orilla del río. *Punta C*

Detrás de la punta C hay un paso. En la orilla izquierda, en la punta XI, palmera muy visible. Tras rodear la punta C, se llega a una punta muy peculiar que se extiende desde las montañas y se conoce como punta Licha. Lugar de aprovisionamiento de leña (6 a.m.) En la orilla derecha, pasada la punta C, hay varias playas arenosas. En la orilla izquierda, poco después de pasar la punta XI, hay un mercado. Bajíos rocosos cerca de la orilla.

Desde Licha punta VIII.

Desde Licha, cruzamos a la orilla derecha donde hay un saliente de roca. Pequeña playa arenosa cerca.

Partida 6.15

Demora Licha	S15°O	Tiempo
Punta O	S25°O	6.35
Punta XII	N48°E	h.m.
Punta D	N34°E	6.35/
Punta F	N36°E	7.15

Velocidad alrededor de 3½ millas por hora

Tras salir de Licha seguir por el centro.

Tiempo de demora
G. N33°E
9.20 h
Pt XIII 8.15
Pt. XIV desde posición de demora
NE¼N½[N]

demora desde la punta XII.

enfrente XII acantilado rocoso con cornisas.

Después de la punta XII, orilla escarpada con una orilla

baja con un vado

al pie de las montañas. Tras pasar la punta XIII,

extensión rocosa. Este recodo está orientado al NE¼N. Gobernamos junto la orilla izquierda,

dos puntas bajas con muchas palmeras
en la cala.

Punta H
a las 10.50 h

Una isla en mitad
de la cala.
Antes de acercarnos a la punta G
pequeño banco arenoso paralelo
a la orilla–paso interior (?)

IX
Pt. XV
demora
NE¼N½N
Desde x pᵗ

buen sitio para aprovisionarse de
leña.

Después de pasar la primera isla se
divisa una isla alargada y muy pequeña. Isla N.º 2 alargada y boscosa. Islote N.º 3. Este recodo es casi NE¼N.

Pᵗ K demora
NNE desde
Isla 3
Islote N. 3
A las 10.50 h

Entre la isla N.º 2 y la N.º 3, cornisas rocosas. No hay paso. A la altura de la punta H parece como si la
isla 3 estuviese a la altura de la punta
XIV. El extremo NO de la isla 2 tiene un bosquecillo de palmeras. La isla
se extiende NO–SE

A lo largo de la orilla derecha,
hay varias playitas y leña seca en casi
todas ellas. Pasada la punta XIV hay
una larga extensión de tierra baja en
la orilla izquierda con islas (muy pequeñas). Grupo de árboles muy visi-

Isla N.º 4
a mediodía
Isla N.º 4

ble indicado en la carta y muchas
palmeras en la orilla.

Esta extensión de tierra baja con-

al
Punta M
NE¼E
2.30 p.m.

tinúa mucho rato con abundantes palmeras.

Aspecto general verde claro.

Largo recodo con una curva regular en la orilla izquierda vista desde la isla N.º 4 2 ½ arriba.

X. Este recodo va en dirección NE¼N. Justo después de pasar la punta M, en la orilla izquierda, hay bajíos rocosos que se extienden muy lejos.

Luego vuelve a tener el mismo aspecto. Montañas hasta la orilla con pequeñas playas arenosas.

Pasada la punta XVI, curioso sendero amarillo en una montaña.

Gobernamos ligeramente hacia la orilla derecha. Al otro lado hay pueblos en la falda de la montaña. Pasada la punta N, hay otra punta que forma un llano.

En N. 3.45 h

Un poco más adelante, arista rocosa. Antes de llegar al llano la punta N.º 2 es un lugar de aprovisionamiento de leña. Demora NE¼N a las 4.25 h desde el llano. Punta N.º 2. A la altura de la punta XVII a las 5.10 h. Longitud del recodo 5 ½ m. El nuevo recodo va en dirección NE½N. A la altura de la punta XVII larga arista paralela de rocas separada de la orilla.

Pasada la punta P, larga arista rocosa que se extiende hacia el río (desde aquí se llega en un día a Kichassa río abajo, 12 horas a vapor).

Todo el rato del lado de la orilla francesa.

Las montañas de la orilla izquierda tienen aspecto rojizo. Toda la orilla derecha está festoneada de árboles. Playa cerca de la punta P a las 5.50 h. Amarramos. Lugares de aprovisionamiento de leña. Poblados en la orilla opuesta.

Punta P. *6h*
Extremo de la punta Bankap demora NE¼N desde el centro del río.
Poco después de la P^t. P.
7.45 en la punta XVIII

del campamento a

Partida. Paso más allá de la punta P.

Aquí empieza un recodo hacia el NE.

Tras rodear la punta P hay un lugar de aprovisionamiento de leña. Playa estrecha.

Desde aquí gobernamos hacia una isla poco visible. No hay paso. Después seguimos casi por el centro.

Toda esa orilla es baja y está festoneada de árboles y protegida por montañas bajas. Rodeada de arrecifes.

Gobernamos por el centro hasta llegar a la altura de la punta Q. Luego ligeramente hacia la orilla derecha.

XI Después de la punta XVIII, un banco de arena invisible [*sic*] se extiende a lo largo de la orilla dere-

XVIII –
6 millas
16 ¾

Pt. XVIII a las
7.45 h
Desde XVIII
Recodo–
NE¼N½N
pt. R a las
9 a.m.
desde XVIII
a R.
1.45 h o
9 kilómetros
NE¼N½N.
Pt. Bankab
9.15 h
Demora
Ganchu N½O

cha. Nos apartamos y navegamos casi por el centro.

Bankab–NE¼N

Punta R desde el centro NNE. En la punta Bankab, dos árboles altos, uno más ancho que el otro.

Cerca de una hora después de pasar la pt. XVIII, pasamos una falsa barra boscosa, rocas que se extienden hacia el centro del río. Punta Q demora hacia el norte y Bankab hacia el NNE.

Al acercarnos a la punta Bankab, en la orilla izquierda, hacia el norte de la punta Q, pequeña isla /N.º 6/ y largo banco de arena, pasado el cual se ve la punta Ganchu desde el centro del río demora N¼E. El islote N.º 6 tiene unos pocos árboles y una palmera muerta. Enfrente, en la misma orilla, pueblo pequeño en un barranco. Rodeamos Bankab contracorriente.

Al rodear Bankab hay que acercarse a la derecha y entrar con mucho cuidado en la corriente que sale de la cala.

(Al volver río abajo seguir la corriente alrededor de la cala.)

Una vez en el centro, gobernamos directamente hacia la punta Ganchu.

Pasamos la punta con cuidado. Piedras. Luego gobernamos directamente hacia la punta XIX. A lo largo de la orilla izquierda, por debajo de la punta se extiende un banco de arena que parece una playa, pero queda sumergido cuando sube el nivel del agua.

Pt. XIX a las 10.40 h
Pt. S demora N

Desde la punta XIX nos desviamos un poco, hay una playa pequeña en la orilla opuesta por la brújula N¼O½O. Este corto recodo tiene dirección NNE. El siguiente tiene dirección NE¼N½N. Seguimos por la orilla derecha. En la orilla izquierda hay arbustos que crecen hasta el borde del agua. La orilla derecha es baja y ondulada. Boscosa (bajando desde el S la falsa punta XIX será la única visible).

Pt. S. *A mediodía* 12 h.

Pt. XX demora N½E

Desembocadura río Kassai. NE¼N

Punta en la orilla derecha demora N½O.

Próximo pt. S. N¾O

XII. Desembocadura al Kassai muy ancha. En el lado sur, playa despejada con un árbol muerto que señala la desembocadura.

Amarramos en la misión católica a lo largo de la línea de la playa.

Desde la punta S a la misión. NNE. 1 h.

Amarramos a la 1 p.m.

Pt. XX demora N5°O

Dejamos la misión a las 2.15. En la ensenada, entre la misión y la punta XX, cornisas rocosas. Al salir de la punta XX una arista parcialmente cubierta cuando sube el nivel del agua.

Desde XX.
Pt. T. demora
NE½E
a las
3.20 p.m.

Salimos de la Pt. XX a las 3.20 h, llegamos en dos horas desde la Pt. S.

Después de pasar la punta XX seguimos por la orilla izquierda a cierta distancia de la punta con una colina herbosa hacia NNE. Desde allí cruzamos hacia la punta T. Banco de arena siempre cubierto en la ensenada. Corriente suave por el centro.

Probablemente haya un paso entre el banco de arena y la orilla izquierda.

Dejamos la
punta T a las
5.25 h
Punta XXI
demora
N¾E

Este recodo hacia N. (Amarramos a las 5.45h.)

Dejamos el punto de amarre a las 7 a.m.

En la orilla derecha–desde el punto de amarre se distingue una punta de color verde oscuro–un largo saliente de arena cubierta cuando sube el nivel del agua con rocas también sumergidas si sube mucho el nivel.

En la *orilla izquierda* un banco de arena sumergido se extiende 1/3 d en el río.

Sondeamos por debajo de la punta de color verde oscuro demora N¼O. Punta XXI demora NE¼E. *3 brazas y 4 brazas.*

[Un poco más adelante llegamos a la desembocadura del río Lawson] un banco de arena que cruza la desembocadura y unas rocas se extienden a lo lejos. Más allá, playa alargada. La punta XXI no es visible al acercarse. No hay peligro por ese lado.

Pequeña cornisa de roca en la punta pasada la pt. XXI a las... Este recodo está orientado hacia el N¼E. Después de pasar la punta XXI, la orilla derecha es baja y está cubierta de árboles. Montañas bajas. A la izquierda, montañas más altas con cumbres desnudas y una franja de vegetación a mitad de camino desde el borde del agua. En la punta U, lugar de aprovisionamiento de leña. Cuidado. El desembarco debe hacer-

XIII

se con cuidado debido a las piedras y los troncos. Rodeamos la punta U con precaución. Al entrar en el recodo hay que quedarse en el borde de la corriente a lo largo de la orilla derecha. Banco de arena no visible a la orilla izquierda.

A tres brazas posición de la punta XXII demora NE¼E. Asoma el centro de un banco orientado al sur demora hacia N½E.

Saliente con una braza y media de profundidad en medio del río, que se extiende hacia las montañas de la punta U. Al rodear la punta XXII hay que dejar mucho espacio. Hay 2 repisas de piedra, la más exterior queda sumergida cuando sube el nivel del agua. Este recodo NE_N. Antes de pasar la punta de la misión, se llega a una falsa punta W casi indistinguible. También hay un saliente en la orilla izquierda. La costa es un semicírculo de arena perfecto, pantanos y árboles–montañas. Unos cuantos árboles muy finos desperdigados por la orilla.

Al acercarse al extremo del semicírculo, la misión marcada en el esbozo desaparece.

Desde el mismo lugar la isla N.º 7 demora N¾E–desde la punta de la

misión inglesa en Grenfell Point a las
4 p.m.

Al pasar un banco de arena muy
peligroso llamado banco de la misión, hay que acercarse y dejar una
isla a babor antes de llegar a la punta.

[Esbozo con contornos de la
orilla, islas, un banco de arena y el
rumbo del barco representado con
una línea de puntos etc. Islas (o partes de tierra firme) numeradas : 8, 9
y 10. Una punta en la N.° 10 indicada B.]

NE E¼N NE¼E NE
Playita cuadrada adelante △
y demora S NNO N
Desde la pt. B *Isla 11*
cuidado con
obstáculos delante del
árbol muerto

Paso por el interior de la isla 10
cuando sube el nivel del agua.

Paso junto al islote de la punta de
la palmera 2 cuando sube el nivel del
agua. Si se debe pasar junto a la orilla, acercarse a la isla 12 por encima
de un banco a 2 brazas. Tras pasar la
isla 12, gobernamos hacia los arbustos
al final de la isla alargada.

Desde allí hasta la punta boscosa
en tierra firme, seguimos a lo largo

Paso de Koch

del banco y luego cruzamos hacia la isla baja.

XIV

Banco de arena justo a la derecha, gobernamos hacia el árbol que hay en él y pasamos entre él y tierra firme (al acercarse hay de 1 braza a 1½ brazas).

Gobernamos por el centro del paso y luego hacia la punta XXIV a lo largo de la orilla de la cala. Desde la punta XXIV gobernamos hacia dos islotes y los dejamos por estribor. Sonda a 1, 1½, 1 brazas, variable. Poblado Bolobo. Lugar de desembarco. Pocos minutos después de pasar la misión, nos desviamos hacia el centro del río.

El recodo de después de la misión se desvía hacia el NE. Seguimos la orilla derecha en dirección NE hasta llegar a una orilla baja. Luego a la punta de tierra firme con demora NE¼E y un islote que demora E¼N.

Gobernamos por un meandro y pasamos con cuidado junto al borde de un banco de arena. Dejamos un islote por estribor. Bancos de arena a ambos lados con salientes atravesados. Después de acercarnos a la isla 12 se deja por estribor otro islote. La dirección general de la tierra desde aquí es

ENE. Tras pasar el islote nos apartamos un poco de tierra.

XV

Al acercarse a las islas alargadas hay un banco a 1½ braza. Nos acercamos a tierra firme.

Tras pasar un banco redondeado y muy empinado gobernamos a lo largo del recodo. Desde los salientes del pantano, las islas que se ven al sur parecen tierra firme.

XV*a*

Llegamos al lugar de atraque a las 5.30 h. Pueblo.

Dejamos el lugar de atraque a las 6 a.m. Gobernamos hacia la punta XXV a lo largo del recodo. Visible. Islas.

XVI

Isla que demora NE. Grupo de árboles cuadrado de color verde claro. Seguimos la isla 15 por la orilla. Palmera peculiar, segunda isla pequeña, luego gobernamos hacia una calita herbosa.

Sonda a 1½ y 1 brazas. Rumbo ENE. Dejamos un islote cubierto de hierba por estribor y gobernamos de 1½ a 2 brazas hacia una isla que demora ENE N° 16.

XVII

Seguimos por la orilla la isla N.º 16 en una derrota NE½E. Cuidado con los troncos a lo largo de la isla N.º 16.

Cruzamos antes de llegar a la punta Pool.

Cruce donde empiezan los árboles más altos.

Al acercarse a la punta de tierra firme se ve el paso abierto entre las islas 17 y 18.

La desembocadura del río Oubangi está cerrada río arriba por unos bancos muy extensos. La orilla opuesta del Congo forma un ½ círculo desde la misión francesa hasta la punta XXVI.

Al rodear la punta XXVI la corriente es muy fuerte. Rocas junto a la punta. Banco de arena que se extiende desde el norte hacia la punta, es imposible atravesarlo independientemente de cuál sea el nivel del agua. Dentro de la ensenada gobernamos cerca de la orilla por si hay obstáculos peligrosos. Al rodear la punta se ve por babor el principio de una isla alargada llamada Isla Plana. Pasamos por el pueblo de Pressinbi y luego junto a Irebu.

Brusca revuelta del río junto a la boca del Oubangi. Desde el recodo cruzamos a la isla para evitar los bancos de arena y los troncos, luego, al llegar a un bosquecillo de palme-

XVIII

ras, volvemos a cruzar y seguimos la orilla.

Al rodear otra punta seguimos por la orilla, a veces solo de 2 a ½ brazas. Por lo demás, el paso no es difícil. Seguimos por la línea indicada en la carta.

Pasado Irebu no hay lugares de aprovisionamiento de leña en un buen rato.

XIII y A. Jueves. 14 de agosto. Dejamos el lugar de atraque a las 6.10 h.

Rodeamos por fuera el islote del primer recodo tras la partida. La dirección general es la misma de ayer.

Al entrar en el siguiente recodo estrecho seguimos a poca distancia de la orilla izquierda. Troncos. Este recodo es seguro (Koch). Sucesión de revueltas con aspecto de canal. La orilla está cubierta de densa jungla hasta la misma orilla del agua.

El río se ensancha de pronto y deja a la vista más islas.

XXIV Tras rodear la última punta de la parte estrecha del canal seguimos en dirección SE. Luego hay tres islas que al principio parecen una sola. Al aproximarse a la punta de enfrente se separan. Junto a esa punta hay un banco de arena que se extiende hasta las islas. Pasamos por encima. XXV.

Luego se entra en una amplia ensenada de la orilla. Por babor muchas islas que tienen aspectos diferentes desde distintos ángulos. Dirección general NE½N.

Seguimos por la orilla principal atentos a la posible presencia de obstáculos.

Por el lado de babor, extensos bancos de arena parcialmente visibles, pero casi sumergidos cuando sube el nivel del agua. En ambas orillas, la maleza es muy espesa. Tras divisar una isla alargada y seguirla un tiempo, se entra en un recodo N¼E, luego en un pasaje estrecho entre dos islas NE¼E. Al final de un paso corto, vuelven a divisarse unas islas y el río se ensancha. Amplia extensión donde el río sigue en dirección NE½E. Todas las islas vistas desde el paso parecen ahora una. XXVI.

Entramos en otra ancha extensión del río y seguimos con cuidado el rumbo indicado en la carta XXVI. Poblado de Ikongo. Malo. XXVII. Al rodear las dos puntas siguientes hay otra extensión sin muchos bancos de

XVII

arena. Gobernamos de punta a punta por la orilla principal, con las islas siempre a babor. Dirección general NE aproximadamente.

Orilla principal menos boscosa. Leña en todas las islas. Tras pasar la punta de la misión hay una pequeña ensenada con piedras. Playas de color rojizo. Tras pasar 2 puntas más se divisa la misión americana al fondo de una pequeña cala. Apenas visible. Un árbol muerto la señala a la perfección.

II Parte
En latitud norte del Ecuador
a Bangala
Cartas en latitud N
Sábado, 16 de agosto,
1890–7.30 h
Dejamos Ecuadorville–Seguimos el banco. A corta distancia desde la primera punta pasamos por el puesto estatal.

El río se estrecha por las islas. En apariencia no hay bancos de arena. Después de pasar la segunda punta, el siguiente recodo se ensancha. Dirección: NNE-NE y ENE.

Tras pasar una punta con árboles muy altos se llega a un recodo en dirección E.

Una punta baja sin árboles indica la proximidad de la desembocadura del río Berouki.

La otra orilla del Berouki está cubierta de maleza. Dos islas pequeñas señalan la entrada del extremo sur del delta. Gobernando hacia el NE cerca de las dos islas pequeñas a babor se acerca uno a la punta del otro extremo del delta del Berouki.

Gobernamos cerca y pasamos con una profundidad de 3 brazas, el siguiente recodo va casi en dirección NO.

Pronto se pasa otra rama del delta. Muy estrecha.

El recodo NO termina después de pasar un claro y un árbol con una sola rama. Pasamos junto a un riachuelo II N. El mismo recodo se abre casi con la misma anchura, dos islas pequeñas forman el recodo. Dirección norte.

El río tal vez sea un poco más ancho en este recodo. Las dos orillas tienen el mismo aspecto. Densa vegetación y árboles no muy altos de color verde oscuro. Por babor, banco de arena visible antes del recodo. Saliente. Después de pasar el saliente hay una extensión no muy larga que sigue hacia el norte. Pasamos el banco de arena. Sonda a 2 brazas y un metro y medio. Gobernamos junto a la orilla con cuidado por los obstáculos.

Hay troncos sumergidos en todo este tramo.

Rodeamos la punta junto a un árbol muy grande y luego pasamos dos palmeras y llegamos a un recodo muy corto N¼E.

Tras un saliente, otro largo recodo N¼E. Varias islas pequeñas por babor. *II N (A).* Largo recodo hasta una barra curva. Muchos obstáculos peligrosos a lo largo de la orilla de estribor. Seguimos la curva de la orilla con precaución. En el centro del canal hay un banco de arena siempre sumergido.

La isla que hay más al norte tiene el extremo más bajo cubierto de hierba y arbustos de color verde claro sin árboles, luego hay una extensión de terreno cubierta de árboles de color más oscuro. Largo banco de arena, no sumergido cuando el nivel del agua no es muy alto. Grandes extensiones al sur. No hay paso entre las islas.

Tras rodear la punta se abre un amplio recodo hacia el NNE.

Por el lado de babor algunas islas pequeñas. La orilla de estribor se extiende hasta la siguiente barra arenosa.

En esta parte del río hay extensos bancos de arena siempre sumergidos (Koch).

Seguimos la curva del río, acercándonos a la orilla sin rozarla.

Ambas orillas estás cubiertas de jungla de color verde oscuro. Al llegar al extremo del recodo nos acercamos a unas islas. Las dejamos por babor. Banco de arena entre las islas y la barra. Seguimos por estribor con sonda de 2,1 brazas. Sigue un amplio recodo. La dirección del recodo más corto es NNE.

Gran banco de arena por babor. El banco asoma levemente si no aumenta demasiado el nivel del agua.

El canal es bastante ancho, no hay necesidad de pasar demasiado cerca del banco de estribor. Después, una larga extensión recta en demora N½E. Seguimos por el centro, un poco a estribor. Las islas por estribor están divididas por canales muy estrechos y aparentan ser una sola isla. Aspecto habitual de densa vegetación que llega hasta el borde del agua. En la parte N pequeño banco de arena.

2 brazas en el extremo, brusca revuelta N¼E a NE¼N y N.

A estribor, ancho canal que separa las islas antes mencionadas de tierra firme.

IV N

Siguiente recodo casi NNE. Por
estribor otro canal que separa una isla.
Este recodo termina como el anterior
en una orilla recta donde hay una [fal-
ta una palabra] expansión triangular.
Siguiente recodo casi N. Después de
pasar el saliente, recodo casi N.

Isla doble pequeña por el lado de
estribor.

Después de la primera más islas
separadas por pequeños canales, a través de los cuales puede verse la orilla.
Aquí el río es muy ancho. Todas las
islas están [sic] en una línea de demora N¼E desde la última punta.

Punta adelante a una demora ½
punto más al norte.

[Esbozo del recodo del río.]

Muchos obstáculos grandes a lo
largo de la orilla de las islas. Árboles y
arbustos hasta el borde del agua.

Tras pasar una orilla estrecha, seguimos por el canal donde hay un
islote con un árbol en el centro.

El canal al principio sigue en di-

V.N.

rección NE luego se desvía hacia N¼E y por fin se estrecha mucho.

Después de salir de él, se entra en una vasta extensión con un islote hacia el este y dos islas mayores con un paso hacia el NNE. [Esbozo que representa el recodo del río.]

Esta extensión está limitada al este por tierra firme.

Grandes bancos de arena entre las islas más al norte y más al este.

El paso es muy estrecho en dirección NNE con un leve desvío hacia el este, en la parte más angosta casi NE¼N.

Al salir en dirección norte se ve tierra firme al otro lado.

Paso despejado.

VI N.

La tierra firme se extiende en dirección N y S. Justo enfrente del paso de la isla hay un lugar de aprovisionamiento de leña.

Al rodear el extremo norte del primer recodo hay una segunda revuelta y luego otra extensión recta hacia el norte. A babor hay tres islas en el recodo y otra isla alargada más arriba con algunas más detrás. En la orilla, después de pasar un tocón seco cerca del cual crecen algunas palmeras, hay un saliente con una cornisa de roca.

Al norte se distinguen más islas e islotes. El rumbo discurre entre ellas y la tierra firme. Junto a la orilla hay varios sitios con cornisas de roca sumergidas.

Rocas a lo largo de la orilla pasado el islote norte. Muchos poblados en esta orilla. Dejamos las islas por babor, atravesamos la desembocadura del río Loulanga y gobernamos a lo largo de la orilla por el recodo que se extiende en dirección N¼°½O.

Su aspecto es muy angosto.

[Esbozo del recodo del río. Una línea de puntos representa el rumbo del vapor. En un lado está indicado: banco de arena superficial, islote; en el otro lado se indica: llanura herbosa con árboles muy grandes en la orilla, la línea de puntos indica NNO.]

Río Loulanga y factoría francesa. Dirección NE. Primer recodo.

Al entrar, recodo a babor. Nos mantenemos a moderada distancia de la orilla de estribor.

El río gira hacia el norte.

A estribor isla baja y circular. Paso por detrás. La factoría está en ese canal de atrás.

Al acercarse hay que tener cuidado con las piedras. Banco muy alto. Amarramos a un árbol. Embarcadero malo y pequeño. Llegamos a la factoría francesa a las 8.15. VII N. Zarpamos de la factoría a las 12.45 (el paso de detrás de la isla a través del *Lulanga*).

Al zarpar de la factoría gobernamos en dirección NNE al pasar el islote que hay enfrente y luego hacia el NNO para entrar en el estrecho canal entre dos islas boscosas. El Lulanga queda a estribor. Grandes bancos de arena a babor. Pasamos con 2 brazas o tal vez 3 metros de profundidad.

El primer recodo es estrecho, dirección N¼O.

Seguimos por el centro. Una breve curva N¼E. N VII El paso por detrás.

[Esbozo de un recodo con una línea de puntos que representa el rumbo del barco en el que se indican los siguientes rumbos NNO, NO¼N y N; y las sondas en brazas 2 y 2. En la orilla izquierda se indica: Banco de arena, orilla herbosa, arbusto y Tresa. En la orilla de estribor está indicado: orilla herbosa.]

El siguiente recodo sigue la dirección NO¼N

Una extensión en dirección N. Larga curva. Nos desviamos a babor, obstáculos en el centro del paso. Recodo en dirección N.

Otra extensión N¼E.

Pasamos un canal a estribor que conduce a Baringu–playa de arena enfrente que se extiende en dirección N¼O. Agua superficial 3 y 2 metros.

[Tres páginas consecutivas con esbozos que forman una carta rudimentaria del paso de Lulonga junto con los esbozos de las páginas 58 y 61, 67 y 69. La línea de puntos indica: N, N, N¼E, N¼O, NE, NNE, NE, N¼E y NNE. En la orilla de babor se indica: banco herboso, arbusto, playa, hierba, hierba. En el de estribor: troncos, a Baringu, hierba pantanosa, pantano cubierto de hierba. Punta elevada cubierta de arbustos 2.30 h.]

Sigue un recodo en dirección NE. Orillas herbosas.

En la orilla de babor, bajíos arenosos.

Tras rodear la punta hay varios canales que se dividen. Seguimos el que está más al este. Islote.

Larga extensión recta en dirección N¼E½E.

El pasaje se ensancha y se distinguen varias islas.

[Esbozo de parte del paso del Lulonga. El rumbo del barco indica: N½E. A babor 3.30 h. A estribor: Banco de arena, Banco de arena y sondas en brazas: 2, 2, y 2.]

Gobernamos hacia una isla en dirección N. La dejamos por estribor.

Hacia el extremo cruzamos hacia babor y esquivamos los obstáculos. Seguimos la orilla de babor.

En el recodo hay que acercarse a la orilla para evitar un gran banco de arena que se extiende desde la isla.

Antes de pasar junto a los dos islotes sonda a 2 brazas y menos. Seguimos por la orilla. Cuidado con los obstáculos.

Extensión despejada casi en dirección N¼E.

[La última parte del paso del Lulonga. Línea de puntos señalada: N¼E a NNE. Por babor, obstáculos. Sondas en brazas 2, 2, 2, 1, 1, 2, 2, 2, 2. A estribor: Bancos de arena.]

Al seguirlo es necesario acercarse a babor con cuidado de esquivar los troncos sumergidos. Pasamos el extremo de un gran banco de arena con menos de una braza de sonda.

Al llegar al final de esta extensión cruzamos rumbo NE y entramos en la ruta principal río arriba.

Fin del paso del Lulanga.

VII. N.

Largo recodo NE½N, bastante recto. Isla a babor en una cala junto a la orilla. Después 2 bancos de arena en la orilla opuesta con 2 brazas de profundidad. Gobernamos a lo largo de la orilla de estribor. Muchos troncos varados en la orilla.

En el extremo del recodo por el lado de babor hay un árbol muy alto.

Después de pasar este hay un canal ancho y recto desde cuyo extremo no se divisa ningún saliente.

El canal discurre en dirección N¼O.

Bancos de arena, seguimos por el canal más estrecho.

Directos hasta un lugar de acampada. Madera corriente.

VIII. N.

Recodo estrecho NE¼N.

Dejamos el campamento a las 6 a.m.

Curva hacia el NNE y recodo un poco más amplio. El recodo se extiende en dirección NE¼E. A babor varias islas y un islote cubierto de arbustos en un extremo y más bajo por el otro. Seguimos la tierra firme por estribor. Obstáculos muy grandes y numerosos a lo largo de la orilla. En el lado de babor, probablemente agua superficial.

Al final de esta extensión larga y ancha se divisan dos islas.

El islote de babor tiene un largo banco de arena por la parte sur.

La orilla de tierra firme discurre hacia el norte. La siguiente punta a babor, después de pasar el islote, tiene un gran banco de arena que asoma cuando no sube demasiado el nivel del agua y se extiende a lo largo de la orilla hasta la isla siguiente. Desde allí hay una isla en el centro del río en dirección NNE.

Gobernamos hacia ella. Después de pasar otro islote por babor, el río se abre a estribor hacia las islas que se extienden NE y casi SO o un poco más al este.

Gobernamos hacia la isla del centro N¼E½E, luego hacia el ancho recodo que queda por babor y lo dejamos a estribor.

De ese modo nos apartamos de la orilla derecha y ponemos rumbo a la izquierda (no es el rumbo habitual y no es seguro seguirlo si baja el nivel del agua).

IX. N.

Seguimos un poco más cerca de la isla del centro que de las islas a babor. Es preciso proceder con cautela y abrirse paso en aguas con dos metros de profundidad. La orilla de babor es la orilla norte del río.

Obstáculos, pero no demasiados. Después de pasar dos islitas se divisa el tronco seco de un árbol y empiezan los poblados. En muchos sitios junto a la orilla. Excelentes puntos de recogida de leña hasta llegar a la punta y en todo el recodo. (10.50 h) *Partimos a las 11.30.* Tras rodear la primera punta, después del árbol seco, se llega a la segunda que está al NE, donde termina el recodo. Varias islas por estribor entre las que destacan dos. A lo lejos, la tierra firme describe un semicírculo. La orilla sur no es visible.

Aquí el río es muy ancho. Seguimos por el recodo, pues hay un gran banco de arena entre la isla y la orilla principal.

Junto a la punta, sondas de 3,6 y 3 metros (nivel del agua a media altura).

X.N.

Cuidado con un tronco muy peligroso cerca del extremo del recodo. Tras un tramo de orilla recta y un pequeño saliente en dirección ENE se divisan dos islotes. Gobernamos a lo largo de la orilla izquierda. Al pasar los islotes hay que tener mucho cuidado y prestar atención a los bancos de arena.

[Esbozo: el rumbo del barco en un recodo del río y sondas en metros. También se indica: Poblado. Banco de arena sumergido. ½ braza. Menos de 1 metro.] Islote N.° 19.

Siguiendo el recodo, al acercarse a la punta, hay un banco de arena que se extiende desde el islote de estribor. Hay un tronco varado, pasamos entre él y la orilla. Otro banco de arena en la punta y muchos obstáculos. Es preciso gobernar muy cerca del banco, que tiene mucha pendiente.

Aquí el río se ensancha mucho. La dirección general de la orilla hasta el final del tramo es casi ENE. A lo largo de un buen rato la orilla de estribor es baja y herbosa. Tras rodear el saliente dejamos el recodo más ancho y seguimos la orilla por un canal más estrecho que se extiende en dirección NE¼N y gira hacia el NE o incluso más al E. Al salir de dicho canal volvemos al curso principal y divisamos varias islas.

Gobernamos entre bancos de arena con cuidado de no rozarlos. Cruzamos hasta la isla y retrocedemos hasta donde está el segundo poblado. Al llegar a un gran claro tomamos otro paso por detrás. Sondas de 3 a 1,8 metros. Muchos troncos y algunos justo en medio del río.

Pasamos entre una isla larga y baja y los bancos de arena principales con menos de 1,8 metros de profundidad, el paso desde el islote es bastante intrincado.

El extremo norte del paso tiene un banco de arena con 3-1,8 metros de agua con un nivel medio.

Al salir, se sigue por un tramo amplio en dirección NE¼E½E (aproximado) y luego por el canal amplio que va al NE entre la tierra firme y una isla.

Pasaje muy estrecho, cuando se ensancha hay dos islotes en la curva. Uno de ellos tiene un árbol seco alto y delgado con una rama verde. Parece el poste de una bandera con una rama atada en ángulo recto. Gober-

XII.

namos para estar lo más cerca posible de la orilla principal. Muchos obstáculos peligrosos.

Después de pasar el segundo islote, se distingue un tercero más pequeño. La orilla principal se extiende en dirección NE¼E. Por estribor hay muchas islas juntas que forman una orilla casi continua.

El canal no es profundo, con 3-1,8 metros de agua después de pasar el segundo islote.

Después no hay sondas a 3,6 metros.

Varios islotes pequeños por estribor.

En las islas de estribor muchas palmeras muertas.

Más adelante, en un banco de arena que cruza: 1,8 – 3 metros.

XIII. N.

Nos detenemos junto a un claro muy grande. Leña. Obstáculos.

XIII. Partimos a las 6.30. Recodo recto en dirección NE½N. Al aproximarnos a la punta (por babor), gobernamos hacia el otro lado para esquivar un banco de arena.

Por estribor, pequeños islotes en las calas de la orilla, que está formada por islas alargadas que se suceden unas a otras y parecen una orilla continua al ir río arriba.

Retrocedemos con 2,7 m de agua.

Al seguir la orilla principal hay que tener cuidado con los numerosos troncos varados. 2.° *recodo* antes de llegar hay que cruzar a la isla 20. Justo en el extremo hay de 2,7 a 1,5 m. Banco de arena junto a la orilla principal. Pasamos la punta por estribor y gobernamos para dejar la siguiente isla por estribor, casi por el centro del canal. Banco de arena en la orilla principal. Cruzamos hacia un claro donde hay un poblado. Seguimos la orilla. Enfrente hay una playita en una isla a estribor. Sonda 2,7 m. Después gobernamos lejos de la orilla con sondas de 2,7-1,5 m para dejar el islote por babor. Hay que seguir casi por el centro para entrar en el paso, luego gobernar a estribor (isla grande). *Obstáculos.* Al salir del canal de atrás se divisa un claro muy [falta una palabra] en dirección norte. Gobernamos con sondas de 3 metros. Al acercarse al banco, aumenta la profundidad.

Seguimos muy cerca del banco. Seguro. No hay obstáculos. Corto recodo en dirección E¼N. Jungla. Troncos. Nos apartamos un poco.

Pequeño islote alargado apenas visible antes de llegar al extremo por babor. *Sonda a 3 metros.*

Otro recodo en el que hay que seguir casi por el centro. *3 metros de sonda en un lugar.*

El recodo termina en dirección NE.

Luego hay un doble canal, uno ancho en dirección E¼N, y otro más estrecho en dirección NE. Dejamos la orilla a estribor y seguimos la orilla interior para tomar el canal estrecho. Sonda entre 2, 7 y 1, 5 m.

Este discurre entre la orilla a babor y dos islas a estribor. Donde acaba la primera isla hay un banco de arena. Es preciso acercarse a las islas con sondas de 3 a 1,5 m. Gobernamos hacia la orilla principal y volvemos atrás. Todo el rato hay sondas de 2,1 m. En algunos sitios menos.

Después de salir de este paso estrecho y rodear la punta aparece otro paso similar. Seguimos casi por el centro donde hay sondas de 2,1 a 2,7 metros con el nivel de agua a media altura.

Otro paso estrecho presenta las mismas características, aunque es un poco más angosto. Sondas de 3 m. El paso termina en dirección este.

XV.   Al salir de este último, se llega a la corriente principal. El río se ensancha. Es el extremo final del paso de la orilla norte.